浅井
うつむいていても
声ですぐわかる

はい
ありがとう
瀬川くん…

にこっ
して
うつむいちゃうんだ

当は近づきたい
けど
こうやって遠くから
見つめているのが
私には合ってる

瀬川くんと一緒に
夏祭りなんて
夢みたいだ…
え…？
だけど俺が
近くにいると…
そいつ
黙っちゃうんだよな
…実はさ
…俺、
好きなヤツがいて
やだ…
こんな話を
相談されるなんて…
浅井
どうすれば
お前に好きになって
もらえんの？
私もずっと
瀬川くん…
キミを…
好きでした

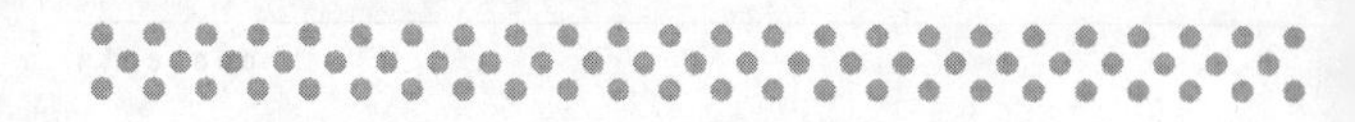

野いちご文庫

キミの隣でオレンジ色の恋をした
～新装版　オレンジ色の校舎～

由侑

STARTS
スターツ出版株式会社

contents

特別書き下ろしショートストーリー

キミの隣でオレンジ色の恋をした

characters

瀬川 朱希（せがわ あき）

遥のクラスメイトで元カレ。バレー部所属でアイドルのような人気者。優しい性格のため、考えすぎて本当のことを伝えらえず、不器用なところも。

浅井 遥（あさい はるか）

内気でピュアな高校生。中学時代の元カレ・朱希にずっと片想いしている。朱希に本当の気持ちを伝えられず、遠くから見つめているだけの日々だけど…。

永納（ながの） 麻衣（まい）

遥の親友でクラスメイト。姉御肌で、内気な遥のことをいつも心配しなにかとアドバイスしている。遥の片想いも応援中。

浅井（あさい） 一馬（かずま）

通称・カズ。頭脳明晰、クールだけど優しい。同じ名字で席が近い遥のことをいつも気にかけているが、その本心は…？

立花（たちばな） 健真（けんま）

通称・たっちー。遥のクラスメイトで朱希と一番仲が良い。麻衣とは同じ中学出身。クラスのムードメーカー的な存在。

橋本（はしもと） 楓（かえで）

バスケ部所属。自分の気持ちに正直で、思ったことをハッキリと言うタイプ。遥の恋のライバルでありながら憎めない性格。

『浅井がよかったら、付き合ってください』

二年前、オレンジ色に染まる教室で、
はにかみながらそう言ったキミに、小さくうなずいた。
うれしくてうれしくて胸がいっぱいだった。

でも、その後、
わたしは好きな気持ちをどうしたらよいかわからなくなって、
いつの間にか瀬川くんと距離ができてしまった。
おたがいに話をすることも目を合わすこともなくなっていた。

わたしはいまだに、キミに恋をしている。
見つめるだけの、片想い。
だけど、ホントはもう一度伝えたい。
ねぇ、わたしじゃダメかな？

Kimi no tonari de orenjiiro no koi wo shita.
第一章
進行形の片想い

クリスマスイブの奇跡

朝、学校に来ると、教室の窓から外を見つめるのが、中学から高校二年になった今でも続いてるわたしの日課。

理由は、好きな人の登校姿を見られるから。

十二月の朝の教室は、人気がなくて寒い。窓に息を吐いて、小さなハートを描いては消しながら、その姿を待った。

「あ、来た」

一時間ほど経過して、キミの姿を発見。

わたしの胸がドキドキしはじめた。

背が高くて、短めの黒髪。二重の目がかわいくて、笑うと右側の口もとにだけえくぼができるキミ。寒いのが苦手らしく、黒いマフラーをぐるぐる巻きにして口もとまで覆い、シャツの上には少しダボダボのセーター。ズボンのポケットに手を入れて、眠たそうにあくびをしながら校舎に向かってくる。

この姿を見るのが、好きなんだ。

「遥ったら、また瀬川くんを見つめちゃって」

背後から声が聞こえて振り返ると、友達の永納麻衣がいた。

麻衣とは高校からの付き合いだけど、なんでも話せる仲で、わたしが瀬川くんに恋していることも知っている。

「う、うるさいっ」

「飽きないね。毎日毎日、瀬川くんを見つめて」

ふぁっとあくびをしながら、明るい茶色の長い髪を風になびかせる麻衣。ぱっちり二重の美人系。

飽きるわけないよ。だって、瀬川くんのこと、好きなんだもん。ヘンタイかもしれないけど、見つめるのって楽しいもん。

わたしの名前は、浅井遥。

学力は、よくもなく悪くもない、ごく普通の女子高生。

身長は麻衣より低めで、ミディアムの黒髪で、前髪は右分け。

そして、普通に恋もしている。

「おっす、朱希！」

教室にいたクラスメートの声に、ドキッとする。

気づかれないように、瀬川くんのほうに視線を向けた。

わたしの好きな人は、瀬川朱希くん。ラッキーなことに、同じクラスだ。

「ほら遥、瀬川くんだよ。あいさつくらいしたら？」

麻衣に、そう言われたけど……。

「む、無理無理！　はずかしいに決まってるじゃんっ」

「遥って、シャイっていうか、意気地なしっていうか……」

「仕方ないじゃん。だって……」

だって、あんなことがあったのに、〝今でも好き〟なんて気持ちがバレちゃうようなこと、できるわけないじゃん。

「その話は何度も聞いた。でも、それ考えたら……なにも言えないじゃない」

こればかりは、あまり強く言わない麻衣。

実は、わたしと瀬川くんは、中学三年生のときに付き合っていた。瀬川くんは……いわゆる、わたしの元カレ。

あのとき、瀬川くんから告白されて、本当にうれしかった。いつまでも隣にいたいと思った。

人気のある瀬川くんの彼女になれて、学校中の女子からうらやましがられた。

こんなにかっこいい彼氏ができるなんて……って。

だけど、付き合ってもどうしていいかわからないまま、中学卒業とともに終わりを告げた。

「でも、二年前の話でしょ？　いい加減、遥の気持ちを伝えても……」

「ダメだよ。また、瀬川くんを悩ませちゃうよ」

わたしと付き合っているときの瀬川くんは、なんだかつらそうだった。もし今、告白したら……きっとまた、瀬川くんを悩ませる。

「遥は気持ち、伝えなくて大丈夫なの？」

「うん。今は、いい。見てるだけで十分」

見つめることができるだけで、うれしい。同じクラスっていうことだけでも、幸せなんだ。

「それ、気持ちを伝えられない遥が、かわいそうな気もするんだけど」

麻衣が心配そうにわたしを見る。平気だよ、と笑ったわたしは、また瀬川くんのほうを見た。

あっ、寝グセ……ついてる。たまにあるんだよね、寝グセ。それがまた、かわいいんだけどさ。

「あ、わたし日直だ。日誌取りにいかなきゃ」

突然、そう言った麻衣が、あわてた様子で教室から出ていった。その拍子に、わたしの机の上にあったプリントが、宙を舞って床に落ちる。

あわててプリントを拾おうとした。

だけど……。

「はい」

目の前に差しだされたプリント。

うつむいていても、それが誰かなんて、声ですぐにわかる。

「あ……ありがとう、瀬川くん」

瀬川くんだ。

わたしはどぎまぎしながら、お礼を言う。

瀬川くんはニコッと笑い、男子の輪の中へ入っていった。

爽やかすぎる……。わたしは思わずボーッとしてしまう。

「いいもん見ちゃった」

タイミングよく帰ってきた麻衣が、ニヤニヤしながらこっちを見ている。

「瀬川くんと話してたじゃん。よかったね」

「ま、麻衣が落としたプリントを、拾ってくれただけだよ！」

「お。恋のキューピッドはわたしだった？」

瀬川くんは、ときどき、さっきみたいに話しかけてくれるけど、わたしからは話しかけられない。

中三のときもそうだった。

続かない会話。そばにいても、息が詰まるような空気。耐えられるわけがない。

きっと、瀬川くんは、幻滅しちゃったにちがいない。想像していたわたしじゃなくて、あきれたはず。

でも……わたしは、うまく話せなかっただけ。好きな人を前にすると、緊張して、すぐうつむいちゃうんだ。

だから、高二になった今も、こうやって遠くから見つめているのが、わたしには合っている。

「遥、瀬川くんばっかり見つめてないの。授業始まるよ?」

麻衣の声で我に返ったわたしは、『大きな声で言わないでよ』と麻衣をにらんでから自分の席へ。

ラッキーなことに、わたしの右ななめ前が瀬川くん。だから、授業中はいつも見つめることができる。

教科書を立てて見るフリをして、瀬川くんを見つめていると……。

「……さん……浅井さんっ」

急に、隣の席の男子から声をかけられた。なんだか、焦っている様子。教科書でも忘れたのかな?

「どうしたの?」

「教科書、ちがうよ! 今、数学なのに、英語開いてるって」

あわてて自分の手もとを見てみると、言われたとおり、数学ではなく英語の教科書だった。

「浅井。そーんなに数学をしたくないか?」

そこへ数学の先生が現れ、とたんに教室に笑いがあふれる。

わたしは、あわてて出した数学の教科書で顔を隠(かく)す。

そして、少しだけ前を見ると、瀬川くんも笑っていた。

わたしは、はずかしくなって、授業なんてまともに聞いていられなかった。

「あんなヘマするなんて、遥らしい」

休み時間、麻衣からノートを借りて、必死に数学の内容を書き写した。

「バカにしてっ。わたしは、はずかしくて仕方なかったんだよ?」

「はいはい。でも、瀬川くんもかなりウケてたよ」

「うぅぅ……」

「遥、そんなブサイクな顔しない」

麻衣が、捨て犬をあわれむような目で見てくる。わたしは「この顔は生まれつき」と言いはなった。

だって……好きな人に笑われちゃったんだよ？　コイツ、バカじゃんって、絶対思われたよ。

「あ……そういえば遥、クリスマスイブ、予定ある？」

「今んとこ予定ないよ」

そっか。十二月だし、もうすぐクリスマス。

「二十四日に、みんなでクラス会兼クリスマスパーティーするんだって。たっちーたちが計画してるらしいよ」

たっちーは、クラスのムードメーカー的存在の男の子。瀬川くんと一番仲がいい。

「んー……行こうかな。予定ないし、せっかくのイブだし」

「遥が行くなら、わたしも行く。待ち合わせしてふたりで行こうよ」

「うん。みんな来るかな？」

「まぁ、カレカノがいなければ、一緒に過ごす相手もいないし、集まるっしょ？」

カレカノ……か。

瀬川くんも来るのかな？　彼女がいたら、来ないだろうけど……さ。

ふぅっとため息をついた。

「そんな顔して。大丈夫、瀬川くんは来るよ」

「えっ、なんで来るってわかるの？」

「たっちーに、誰が来るか聞いた。んで、朱希という単語だけは、インプットしといたってわけ」

「うわぁ……ありがとう、麻衣ぃ」

やったぁ。瀬川くんも来るんだ。

「オシャレして来るんだよ？」

「普段と変わらない格好で行くって」

「とか言って、すごい気合い入れてきたりしてね？」

胸がいっぱいでわくわくするわたしに、そう言って、クスクス笑う麻衣だった。


そして、二学期が終わり、冬休み二日目の二十四日。

「あ、こっちこっちー」

わたしは、待ち合わせ場所で手招きをする麻衣の元へ向かって、走っていた。

「遥ったら、遅い。もう十分過ぎたじゃん」

「ご、ごめんねっ。いろいろ準備してたら、こんな時間になっちゃって……」

「まったく。ほら、急ぐよ。みんなもう来てるって、メッセージ来たからさ」

わたしは大きくうなずき、麻衣の隣に並んだ。そして、麻衣の格好をチェックする。

巻き髪に、わたしには似合わない大人っぽいワンピ。

「あ、ここだよ」

麻衣が看板を指差した。〝さくら花〟と書かれたお店。

「ここの和食屋さん、たっちーの家が経営してるんだって」

「そうなの？」

「わたしもさっき知ったばっかりなの」

中に入ると、奥の部屋から騒ぎ声が聞こえる。

先にブーツを脱いだ麻衣が、その部屋の襖を開いた。

「やっと来たか！　メリクリー！　ささ、入っちゃってっ」

クラスの委員長が手招きする。

部屋に入ると、いつもの制服姿とはひと味ちがう、オシャレ女子たちに圧倒されながら、わたしは隅のほうに座る。

「よっす！」

すると、ワックスで髪を立たせたたっちーが、わたしたちの元へ来た。

「ふたりとも、メリクリ！　今日は楽しもうなっ！」

「じゃなきゃ、来てないから。てか、全員来てるの？」

「あー、何人か遅れるってさ」

わたしは、たっちーと麻衣の会話を聞きながら、キョロキョロとあたりを見まわす。

瀬川くんの姿がない。やっぱり、来ないんじゃ……。

「あ、朱希は部活で遅れるって」

そのとき、わたしの心を読んだかのように、たっちーが小声で言った。

ん？　なんでたっちーは、わたしが瀬川くんを探してるって、わかったの？

「浅井、朱希のこと気になるんだろ？」

たっちーが、いつものおちゃらけとはちがう表情で聞いてくる。わたしはギクリとした。

「朱希から聞いたけど、浅井と朱希、中学んとき付き合ってたんだろ？　そりゃ、気にするよな」

元カレで、気まずいから気にしていると思ってるのかな？　じゃあ、わたしが好意をいだいてるってことは、知らないんだ。

「あの……たっちー」

「ん？」

「その……中学のときのことは、みんなに言わないでほしいの。瀬川くん……そのことが耳に入ったら、イヤだろうし……」

「大丈夫！　朱希にも『他のヤツには言うな』って言われたから。なんだか、似た者同士だねっ」

そう言って、男子の輪に入っていった、たっちー。

「よかったじゃん。瀬川くんと似た者同士で」

麻衣が、ニヤニヤしながらわたしを見た。わたしは火照る顔を隠す。

「でも、たっちー、本当にわたしと瀬川くんのこと……言わないよね？」

「言わないでしょ。アイツ、中学のときから、案外いいヤツだから」

麻衣が笑って、コップを手にする。麻衣とたっちーは、同じ中学出身。

それから、麻衣と競りあうようにたくさん食べた。

すると、他の女の子たちに声をかけられ、ガールズトークに……。

「わたし、三組の安山くんといい感じなの！　応援よろしくね！」

好きな人の話は、憂うつ。自分の話をしたくないから。

「じゃー、次は遥ちゃんの話！」

「あ……わたっ……わたし⁉」

「そっ。好きな人いないの？」

イヤでも来てしまう順番。わたしはチラッと麻衣を見て、答えた。

「い……今は、いないかなぁ」

「いないの？　本当にー？」

「あはは……」

もし話が広まって瀬川くんの耳に入って、また嫌われちゃうのは、イヤだ。

「じゃあ、元カレの話とか……」

「ご……ごめん。ちょっと気分が悪いから、外に行ってくるね。きっと、食べすぎちゃったんだと思う」

「もー、遥ちゃんったら、食いしん坊だねっ。……じゃあ、次いこっか！」

みんなの盛りあがる雰囲気を背後に感じながら、部屋を出る。すると、お店を出る前に、麻衣に呼び止められた。

「ちょ……遥、大丈夫？」

「大丈夫、大丈夫。本当に、食べすぎちゃって……。すぐ帰ってくるよっ」

わたしは麻衣に手を振り、店の外に出た。

「さ……むっ」

やっぱり十二月というだけあって、寒いなぁ。首に巻いたマフラーを、握りしめる。

恋バナは、したくない。この恋心は、わたしの胸の中だけにそっとしまっておけばいいんだ。

そういえば、瀬川くん、まだ来てなかった。もしかして、来ないのかな？

……クリスマスイブに瀬川くんと会えるの、楽しみだったんだけど。

そして、ふぅっとため息をついたときだった。

「あれ？　……もしかして、浅井？」

顔を上げると、そこには、バレー部のエナメルバッグを背負って息を切らした瀬川くんがいた。

「やっぱり浅井だ！　どうしたんだよ、外にいるなんて」

「あ……その……少しだけ具合がよくなくて、外の空気を吸おうかな……って」

「大丈夫かよ？　熱とか？」

「あ……いや、その……ちょっと食べすぎちゃって……」

「マジ？　食べすぎで具合悪いって、浅井ウケるっ」

そう言って、ケラケラ笑う瀬川くんがかわいく見えた。

……キュン。ほらね、まだ好きだって実感しちゃうよ。

「みんなは来てる？」

「うん。い、今からゲームも始まると思うから、早く、行ったほうがいいかと……」

「そうだな。ありがとうなっ」

ニコッと笑って、わたしの横を通りすぎた瀬川くん。胸のドキドキは鳴りやまない。

「……なぁ、浅井はまだそこにいるのか？」

お店の中に入ったと思っていた瀬川くんの声が、背後から聞こえた。わたしはあわてて振り返り、コクコクうなずく。

「じゃー、俺もいよっかな」

「へっ？」

「走ってきたから、今中に入ると暑いだろうし。外で少し体を冷やそっかな」

白い息を吐きながら、瀬川くんは話す。それって、しばらく瀬川くんと一緒にいることになっちゃうんだよね？

「浅井、いい？」

「へ……う、うん。でも、みんな瀬川くんの到着を待ってるんじゃ……」

「大丈夫。すっげー遅くなるって伝えてあるから」

大丈夫……なのかな？

「……それと、久しぶりに、ふたりで話したいじゃん？」

その言葉に、一瞬にして頭の中は、中学三年生のときに戻った。瀬川くんの隣を歩いていた、些細な幸せがよみがえってくる。

「……浅井？　あそこのベンチにでも座るか？」

わたしは瀬川くんの背中を追い、古びたベンチに少し間を空けて隣に座った。

「あぁ、今日の練習キツかったー。」

ため息混じりに呟く瀬川くんの横顔を、わたしはこっそり盗み見る。練習で疲れているのに、ちゃんとクラスの集まりに来てくれるなんて瀬川くんらしいなぁ。

「なぁ浅井、質問してもいい？」

「ど……どうぞ」

「ありがと。あの……元気か？」

わたしは、きょとんとした。だって、意外すぎる質問だったから。精いっぱい首を縦に振る。

「そっか。……よかった」

ニコッと笑ってくれた瀬川くんだけど、どこか切なそうに見えた。

「せせせ……瀬川くんは……元気ですか？」

すると、瀬川くんも、きょとんとした顔になる。だけど、すぐに口を開いた。

「げ、元気だよっ。同じ質問してくるなんて、びっくりした」

「あ……はは」

「それに、なんで敬語？」

「いや、その……」

「タメなんだし、普通に話そうよ。ほら、中学のときみたいに、さ」

そう、中学のとき……わたしと瀬川くんは、今よりは会話をしていた。

「って言っても、あんまり話さなかったけどな」

うんうん。本当、瀬川くんの言うとおりなんだよね。

「……だけど、もし浅井がよかったらなんだけどさ……」

ドキドキドキドキ。

急に真剣な顔つきになった瀬川くんの視線から逃げられず、高鳴る胸。な……なにを言われるの、わたし？

「友達になってくれない？」

「と……友達？」

「そ。友達！」

またもや、瀬川くんから予想もしていなかった言葉が出てきた。

「俺たち……別れてから、あんまり話してなかったじゃん？　だから、このまま高校生活を終わらせたくないって思ってたんだよね」

やっぱりあれは別れだったんだ。少しだけ胸が痛む。だけど、わたしにチャンスが来た気がした。遠くから瀬川くんのことを見ているだけでいいって思っていた。でも、本当は近くで目を見て話せるようになりたいんだ。

「わ……わたしも……普通に話したい……です」

「ふはっ。だーから、敬語やめろってよー」

声を上げて笑う瀬川くんにつられて、わたしも笑ってしまった。

別れたときは、想像もしていなかったけど……今、笑いあえてる。わたし、瀬川くんと一緒に、笑ってるよ。

「じゃ、よろしく」

瀬川くんの右手が伸びてくる。わたしは震えながら、右手を差しだした。

瀬川くんの手、ひんやりしてる……。

「せ……瀬川くん。あの……」

「ん?」

「はい。手……冷たいから、使ってください」

わたしは、ポケットに入っていたカイロを渡した。

その直後、わたしははずかしくなって、うつむいてしまう。

「ありがとうな、浅井」

だけどね……見ちゃうんだ。そんな優しい笑顔で言われたら……見ないわけにいかないんだ。

「でも、浅井は? 震えてるし、浅井こそ寒いんじゃね?」

「あ……これは、寒くて、ふ……震えてるんじゃなくて」

わたしはゴクリ、と、渇いたのどを潤して答えた。

「き……緊張してて。せ……瀬川くんと、話すことに……」

こんなに長く会話をするなんて、本当に久々。だから……なんていうか……。

「そうなんだ。……実は、俺も」

はずかしいっていうか……って、え？　今……瀬川くん、なんて言った？

「浅井が緊張してるように、俺も緊張してるんだけど」

へへっと照れながら話す瀬川くんを、ついかわいいと思ってしまう。

わたしだけじゃないんだ。瀬川くんも、女子と話すと緊張するんだ。ちょっぴり安心した。

「お……おたがい様……だね」

「だなっ」

短いやり取りでもいい。話せるなんて、夢みたいだもん。

そして、再び空を見あげた、わたしたち。

「あのさ、浅井」

「は……はい？」

「あれから、好きなヤツ……できた？」

「へっ？」

「い、いやっ。そのっ……心配で。ほら、前のことがトラウマになって、新しい恋ができないとか、あるじゃん？」

　焦りながら話す瀬川くん。

　びっくりした。さっきの質問よりも、何倍も驚いた。

　好きな人って……瀬川くんなんだけど。そんなに心配してくれてるなんて、なんだか……笑っちゃうな。

「そんなに心配しなくてもいいよ。トラウマはないから安心して」

「本当に？　まぁ……こんなこと、俺が言える立場じゃねーんだけどな」

　眉を下げて、申し訳なさそうに、わたしを見る瀬川くん。

　トラウマにはなってないけど……後悔はしてるんだよ。

「ほ……ホントに。それに今は、恋愛はいいんだ」

　だから、ウソをつくよ。キミを好きなことを、知られないために。

「浅井、やっぱり……」

「気になる人はいるけど、す……好きとかは、いいの」

　絶対に、キミが好きだとは言わないから。だから……せめて、一方的に想うことだけは許して？

「そっか。浅井……気になるヤツ、いるんだな。俺、応援するからな」

「あ……う、うん。ありがとう」

好きな人に応援されるのは、なんだか複雑だけど、それでもいいんだ。
瀬川くんの笑顔が見られる。瀬川くんの声を、聞いていられるんだもん。
ごめんね、瀬川くん。こんな、ズル賢(がしこ)いわたしを許してね。
――ピコン。
そのとき、ポケットに入れてたスマホにメッセージが入った。わたしは瀬川くんに
『ごめん』と言い、スマホの画面を見る。麻衣からのメッセージだ。

【瀬川くんとふたりきり、やったね！
邪魔者(じゃまもの)は退散します☆
遥の心臓が落ちつき次第、
帰ってきなよ♪】

ええええっ!! 内容的に……今のこの状況(じょうきょう)を、見られてたってことじゃん。

「浅井、どうかした？」

瀬川くんが不思議そうに聞いてきた。

「なんでもないっ」

見られたら大変！

わたしは、サッとポケットにスマホをしまおうとする。

「……浅井、待って」

だけど、瀬川くんに手を止められ、わたしの胸は飛びはねた。

「連絡先、聞いていい？」

「えっ⁉」

正直、びっくりした。聞かれるなんて、思ってなかったから。

「俺、クラスの中で浅井の連絡先だけ知らないんだよ。中学の卒業式は、タイミング悪かったし」

あのときわたしは、瀬川くんの姿を見ることすら避けていた。

泣きそうだったんだ。卒業式だからじゃなくて、瀬川くんの姿を見ることが切なかったから。

わたしがスマホを渡すと、「チャットアプリのアドレスでいい？」と、慣れた手つきで操作する瀬川くん。

「はい、俺のも登録しといた」

スマホを返され、わたしは軽く頭を下げる。

このスマホに、瀬川くんの連絡先が登録されたんだ。そう思うと、少しニヤけてしまった。

「じゃあ、みんなのところに行こっか？　長く付き合わせちゃって、ごめんな」

「ううん。わ……わたしこそ」

「全然。久々で楽しかった！」

ねぇ……その言葉、反則だよ。瀬川くんはなにも思ってないだろうけど、わたしはドキドキしちゃうんだよ。

瀬川くんの笑顔を心に焼きつけながら、お店の中へ入った。

「はーるか。さっきのことを、話してもらおうか？」

席に戻ると、麻衣から尋問された。

「……中学のときはごめんって言われて、友達になった。それで、連絡先を聞かれて……交換した」

「友達？　連絡先交換？　遥、やったじゃん」

麻衣が、よしよしとわたしの頭をなでてくる。

「これで、メッセージ送れるじゃん。友達だし、普通に話せるね」

それから、麻衣と一緒にゲームに加わった。

「うっわーっ、俺負けたぁ」

瀬川くんの言葉に、いちいち反応してしまう自分。

さっきまでのことがあったから、いつも以上にドキドキした。

「ふー楽しかったぁ」

クラス会が終わり、家に帰りつくと、カバンを置いて、ベッドへダイブした。

まさか、瀬川くんから話しかけてくれるなんて、まさか、連絡先を交換できるなんて……思ってもいなかった。

「……えへへ」

今日のことを思い出すだけで、ニヤけててしまう。

次の日。カーテンを閉め忘れた窓から差しこむまぶしい光に、起こされた。

「……ん？　メッセージ？　誰かな？」

スマホにメッセージが入っているのに気がついた。わたしはあくびをしながら画面をタッチする。

【今日はありがと。

これからもよろしく。】

「朱希？　……う、ウソぉ。瀬川くん？」

受信した時間を見ると、昨日わたしが寝ついた頃だった。

せ……瀬川くん、『朱希』って登録してるよ。

ダメだ。わたし、『瀬川くん』で慣れてるから……『朱希』なんて、無理だよ。

わたしはかすかに震える手を必死に動かしながら、『朱希』を『瀬川くん』に登録しなおした。

瀬川くんからメッセージが来るなんて……うれしすぎる。

なんで昨日、すぐに寝ちゃったんだろう。瀬川くんからの初めてのメッセージだったのにな。

今さらだけど、返事したほうがいいかな？　でも、まだ寝てたら……迷惑だよね？

昨日返事してないから、嫌われちゃってたりして……。いや、もう嫌われてる？

「やっぱり無理ぃ……」

それから、何十分もスマホの画面とにらめっこをしたけど、なんて返事をしたらいいのか、ずっと考えつづけた。

……どうしたいいの？　言葉が浮かばない。

好きな人からのメッセージに、胸がいっぱいで。

瀬川くん……瀬川くん。

やっぱりまだ、好きなんだよ。

わたしは、あふれだしそうな気持ちをいだきながらスマホを握りしめた。

ゆるキャラのクマが「こちらこそ、よろしくお願いします」と言っているスタンプを送るのが精いっぱいだった。

どぎまぎバレンタイン

「ふぅ……。寒いなぁ」

吐いた白い息が空へ向かうのを眺めながら、久しぶりの通学路を歩く。

冬休みが終わり、今日からまた学校生活が始まる。学校に近づくにつれ、わたしの胸はドキドキしていた。

「遥、あけおめ」

振り返ると、チェックのマフラーを巻いた麻衣が。

「麻衣、あけおめーっ」

「冬休み、どうだった？　楽しく過ごせた？　瀬川くんとは、どうなったの？」

「ん？　え、なにが？」

「二十四日の夜、メッセージが来てからは、なにも進展はなかったの？　あのとき、喜んで連絡してきたじゃない？」

いつの間にか昇降口に着き、靴を履き替える。

「……実は、あけおめメッセージが来たんだよね」

「新年早々、よかったじゃん。それに、意外とやるね、瀬川くん」

興味津々な様子でわたしを見て喜ぶ麻衣。

「……で？　どうだったの？」

「どうって？」

「瀬川くんからは、どんなメッセージが来たの？」

「『あけましておめでとう。今年もよろしく！　今年こそは、たくさん話しような。』って」

「わお。いい感じじゃない？　それで、遥の返事は？」

「『こちらこそ、よろしくお願いします』ってスタンプ送った」

「ん？　遥、わたしは、遥がなんて返したか聞いてるんだけど？」

「うん。だからスタンプ」

「はっ!?　それだけ？」

「そうだよ？　ちゃんと返したよ？」

教室の入り口で麻衣が長いため息をついて、じろりとわたしを見た。

「……アンタ、バカだよ。好きな人にスタンプだけ返すヤツが、どこにいるのさ！」

「そ……そんなこと言っても……。わたしなりに、ちゃんと考えたんだもんっ」

「スタンプだけは悲しすぎるでしょ！」

そんなに言わないでよー、麻衣。わたし、悩んだんだもん。

実は、スタンプを返すだけでも、二時間かかったんだ。

ドキドキと緊張と闘いながら、文章を打っては消しての繰り返し。で、やっと辿り着いたのが……二度目のクマのスタンプ。

「……ま、緊張しちゃうのは、しょうがないか。返事をしただけでも十分ね。でも、次からはしっかり返すんだよ？」

「がんばる……」

「あ、瀬川くん」

麻衣の言葉に、あわてて振り返ると、うしろに瀬川くんが立っていた。

「浅井、永納、おはよっ」

ニコッと笑う瀬川くんに、胸がキュンとなる。

「おはよー、瀬川くん」

「お……おはっ……ござ……」

だけど、わたしは麻衣みたいに、普通にあいさつができないみたい。

「ははは。新年早々、噛みすぎー。今年もよろしくな！」

瀬川くんはそう言うと、たっちーたちの元へ行った。瀬川くんに、笑われちゃった。

噛んじゃったのは、瀬川くんが目の前にいて緊張していたからなんだけどな。

「ふふっ。遥、今年もよろしくだって」

「だ……誰にでも言うんだよ。わ……わたし、だけじゃないもん」

「とか言って、うれしいくせに」

麻衣に脇腹(わきばら)をつつかれる。

「あーあ。学校、始まっちゃった。ありきたりの言葉だけど、正直言うと、うれしかったよ。

「そんなこと言わないでよー。わたしは麻衣と過ごせる日々が戻ってきて、うれしいんだよー？」

「はいはい。プラス瀬川くんもいるからでしょ？」

「ちっ違わなくもないけど……」

「遥、わかりやすい」

こうやって、会話に瀬川くんが登場すると、なんだかうれしい。それに、瀬川くんの姿が見られるのも、うれしい。

だけど、やっぱりダメなんだ。

瀬川くんの近くにいると、さっきみたいに噛みまくって、うまく話せない。

だけど友達になろうって言ってくれたんだ。少しは勇気を出せるといいな。

こうして今年は、去年よりも瀬川くんを身近に感じる生活が始まったのだった。

「ねぇねぇ、どうする？」

「やっぱり、はずかしいもんなぁ」

「わたし、がんばるよー」

始業式から二週間が経った、ある日の休み時間。

クラスの女子が、もうすぐ訪れるバレンタインの話題で、盛りあがりはじめた。

「みんな……好きな人に、チョコあげるのかな？」

みんなの会話に聞き耳を立てながら、小さな声で麻衣にたずねる。

「まぁ、告白のチャンスだから、あげるんじゃない？　遥も瀬川くんにあげるんでしょ？」

「うぇ⁉　わ、わたしっ？」

「なに、あげないの？」

「あ、あげるもなにも……まだ友達になったばっかりで……」

「だからチャンスなんだよ、バカ」

「で、でも……」

せっかく友達になれて前よりはマシな関係なのに……チョコを渡して気まずくなりたくないよ。

「まったく。遥ったら、本っ当に意気地なしだよね。わたしもチョコ渡すから、遥もがんばりなさいよ」

「ええっ⁉」

わたしは麻衣のびっくり発言に、目を丸くした。

麻衣もチョコを渡す⁉　それって……わたしたち、ライバルじゃない？

「……麻衣も……瀬川くんに渡すの？」

「な―んでわたしが、遥の好きな人にチョコ渡さなきゃいけないのよ」

「じゃあ誰に……？」

「アイツよ」

麻衣が頬を赤くしてチラッと見た相手を、目で追ってみる。……って、え？

「本当に？」

「ウソなんてつかないから」

「ま……麻衣、たっち―のこと好きだったの？」

「いや、まだ、好きってわけじゃ……。ただ、最近変に気になりはじめて。中学のときは、全っ然眼中になかったんだけどね」

麻衣が見た相手は、あのたっち―だった。

麻衣が、たっち―かぁ。なんだか、意外。

「ってことで、遥も渡すんだからね？」

「ま、待って……まだ時間が……」

「そんなこと言ってちゃ、瀬川くん、他の子に取られちゃうよ？　いーの？」

「よ……よくはないけど……」

「じゃ、渡すの決定。前日の十三日は日曜日だし、一緒に作るよ」

「へっ？　て……手作り⁉」

「遥……まさか、買おうと思ってたの？」

わたしは小さくうなずいた。

「バカ。本命なら、手作りよ」

「でもさ、手作りって、重いんじゃ……」

――キーンコーンカーンコーン。

「じゃ、またね、遥」

グッドタイミングでチャイムが鳴ったせいで、わたしの反論は途切れた。そして、しぶしぶ席に着く。

……バレンタインなんて、イヤなんだけどなぁ。

授業が始まり、黒板に文字が記されるのを見つめながら、中三のバレンタインを思い出す。

あのときは、受験勉強に没頭していた……わけではなく、瀬川くんとの初めてのバレンタインに、頭をフル回転させていた。

なにをあげようか迷った挙句、前日の学校帰りに市販のチョコを買って、自分でラッピングだけして渡した。

『浅井、ありがとうっ』

瀬川くんは、うれしそうに受け取ってくれた。

だけど……そのあと、手作りにすればよかったって後悔したんだ。次はがんばろうかなって思いながら。

結局、瀬川くんの彼女として過ごしたバレンタインは、それが最初で最後だったけれど。

「手作り、かぁ……」

あのときは、挑戦しよう！って思ってたけど……。彼女でもない友達から手作りって、イヤじゃないかな？

悩んでいるうちに時が過ぎ、ついに二月十四日。

今日は、バレンタインデー。

「ま、麻衣……本当に渡すの？」

「なに言ってんの。渡すよ」

教室の入り口手前で、麻衣に確認してみる。

「遥、いつ渡す？」

「ま、まだ決まってないっ」

「昨日、決めときなって言ったじゃん」

そう、昨日わたしは、麻衣とチョコ作りをした。……ほぼ、強制的だったけど。

そのときに、いつ渡すか決めておくように言われたのに。

「麻衣、やっぱり渡すの、やめ……」

「あのぉ」

わたしの言葉は、誰かの言葉でさえぎられた。

「あの、ちょっといいですか？」

小柄で、口もとのホクロが印象的なボブの女の子が、わたしたちを見つめている。

「は、はい。なにか？」

「わたし二年三組の橋本楓っていいます。あの……呼んでほしい人がいてるんだけど……」

「誰ですか？」

「えっと朱希くんをお願いします。チョコ渡したくて……だけど、うまく呼び出せなくて……」

そう言うと、女の子は、頬を赤く染めてうつむいた。

え？　……瀬川くん？　瀬川くんに、チョコ渡すの？

「わ、わかりました」

そりゃ、呼び出されるよね。男子バレー部のキャプテンだし……人気あるから。

そんなことを考えながら、瀬川くんの元へ向かった。

「ん？　どーした、浅井」

いつもと変わらないさわやかさで、わたしを見る瀬川くん。もちろん、わたしの胸は高鳴った。

「い……ま、大丈夫？」

「今？　大丈夫だよ」

「あ……ありがとっ。ち、ちょっといいかな？」

勇気を出して、精いっぱいの言葉を並べたときだった。

「おぉっ！　朱希、浅井から呼び出しかよー。いいなぁ、俺もチョコ欲しいぞーっ」

瀬川くんの近くにいた男子が言った。とたんに、瀬川くんは焦った表情を見せる。

……なに言ってるの？

男子の言葉に、周りも「告白の場所はどこにしますー？」「いつから好きなんだよー」と、冷やかしはじめる。

やめて、やめてよ。ほら、瀬川くんが困ってるじゃん。

「……ちがっ……」

「えっ？　もしかして、ここで愛の告白っ？」

「わ……わたし……じゃない。チョコを渡すの、わたしじゃないよ……」

泣きそうになりながらもしぼり出した声。

怖かった。

また、瀬川くんに嫌われそうで。これ以上、嫌われたくなくて怖かった。

「お前ら、浅井に謝れよ」

すると、瀬川くんが言った。わたしは、おそるおそる瀬川くんを見る。

「今ので、絶対に浅井は傷ついた。浅井には俺じゃなくて、他に好きな人がいるんだ。

お前ら、謝れよっ」

ウソ……瀬川くんが、こんなこと言ってくれるなんて。

「あ……浅井、ごめんな」

「オレも悪かったっ」

すると、数人の男子が謝ってきた。わたしは大丈夫だよと返す。

「浅井、本当にごめんな」

瀬川くんも深々と頭を下げる。わたしは、あわてて首を振りながら、あたふたするばかり。

「だだ、大丈夫だからっ。き……気にしないでっ」

「ありがとな。で、浅井じゃないなら、誰が？」

「あ、あの、三組の橋本さんが、瀬川くんに……」

「橋本？……あぁ、もしかして、バスケ部のヤツかな？」

出しっぱなしのイスを戻しながら、頭の中の記憶を辿っている様子の瀬川くん。

チラッと教室のドアを見ると、橋本さんが、心配そうにわたしたちのほうを見ている。……早く、来てほしいよね。

「ま……待ってるから、早く行ったほうがいいよ」

イヤだけど、橋本さんの気持ち、わかるもん。

「お、おう。サンキューな」

自分で言ったのに、橋本さんの元へ向かった瀬川くんのうしろ姿を見たら、悲しくなる。

「だーから、言ったでしょ？　今日は決戦の日だよ」

隣を見ると、麻衣が瀬川くんたちを見ながら、腕を組んでいた。

「悲しいなら……悔しいなら、チョコ渡そうよ。ね？」

そう言うと、自分の席に戻った麻衣。

渡せるのかな？　わたし、勇気出せるのかな？

「おーい、授業始めるぞぉ！」

そのとき、英語の先生が入ってきたので、わたしはため息をこぼして、教科書を出した。

その日の授業は、上の空だった。ただ、覚えていたのは、数回、瀬川くんが女子に呼び出されていたことだけ。

「遥さーん、もう放課後よ？」

麻衣の言葉にふと時計を見て、もうこんな時間かと気づかされた。

周りのみんなは、部活や帰宅の支度をしている。もちろん、瀬川くんも。

わたしは、なにも行動に移せないまま、カバンの中に用意してあるチョコのことが気にかかっている。

「朱希ー、また明日な！」

「おぅ小林！　じゃーなっ」

部活のエナメルバッグを持った瀬川くんが、友達と話しながら近くを通った。

「じゃーな、浅井に永納」

行っちゃう……瀬川くんが部活に行っちゃう。

「……せ、せ……がわくん」

わたしは、瀬川くんの背中に向かって名前を呼んでいた。

……だけど、振りしぼるように出した小さな声は、瀬川くんには届かなかった。

麻衣が、残念そうにわたしを見る。わたしは小さくため息をついた。

「……麻衣、わたしは、もういいや。チョコ渡さない」

「なんで？　遥、後悔するよ？」

「いいの。……麻衣は、どうする？」

「わたしは渡す。それで……遥に申し訳ないんだけどさ……」

麻衣は教室にいるたっちーをチラ見して、いきなり両手を合わせた。

「お願い。たっちーを呼び出してくれない？」

麻衣にしては、めずらしい行動だ。だって、いつもの麻衣なら、ちゃっちゃとチョコを渡しちゃうだろうし。

「了解。場所は教室でいいの？」

小さくうなずいた麻衣を確認して、わたしは教室を出たたっちーのあとを、追いかける。

だけど、たっちーは他の男子たちと話をしながら昇降口へ向かっていた。

また変に冷やかされたらどうしよう。

そう思うとわたしは、近くの柱に隠れてしまった。あんなにたくさんの男子の中なんて、行けるわけ……。

「浅井？」

……え？

空耳かと思った。だって、突然、瀬川くんの声が聞こえたんだもん。

「せ……瀬川くん。部活は？」

「教室に忘れ物して、今から戻るとこ！　浅井はなにしてんの？」

「わ……わたしは、その……たっちーに用が……」

「たっちー？　……あぁ、健真か。アイツに用って？」

「えっと……その……」

これは、言っていいのかな？　麻衣の手助けをしているって。でも、勝手に言ったら、麻衣はイヤがるかな？

「ごめん、浅井。余計なこと聞いちゃったな」

すると瀬川くんが謝ってきた。わたしは、あわてて顔を上げる。

「俺が呼ぶから、待ってて。おーい健真ー！」

瀬川くんが呼んだ瞬間、たっちーが振り返った。

「健真、呼び出しー！　……じゃ、俺部活に行くから。また明日な」

「あ……ありがと。部活がんばっ……」

「あれ、呼び出しって、浅井？」

瀬川くんに〝がんばって〟と言おうとした瞬間、たっちーが目の前に現れた。

「あ、うん。わたしです」

たっちーと話をしていても、頭の中では瀬川くんと話せたことがうれしくて……。

「なぁ、俺に用って、もしや……」

「いや、わたし、たっちーにはチョコ持ってきてなくて……」

「えー、ショックーッ!!」

「あはは。あっ、あのさ、たっちー、教室に行ってくれる？」

「なにかあるの？」

「それは、行ってからのお楽しみってことでっ」

たっちーは首をかしげながら、教室へ向かった。麻衣、あとは、がんば……。

「おぉ浅井、まだ学校に残ってたのか？」

振り返ると、不敵な笑みを浮かべた担任の先生が……。なんだか、イヤな予感。

「今から浅井に頼みたいことがあるんだが、快く引き受けてくれるよな？」

わたしは抵抗する余地も与えられず、先生につかまってしまった。

連れてこられた職員室で、ホチキス止めを手伝わされること、二時間。

「ありがとうな、浅井！　もう帰ってもいいぞー」

窓の外は、先生の笑顔とは裏腹に、オレンジ色の夕焼けさえも消え、まっ暗な景色。

「暗いけど、大丈夫か？」

「大丈夫です。ていうか、誰のせいで、こんな遅……」

――♪～♪～♪

そのとき、先生のポケットからスマホの着信音が響いて、わたしの主張はさえぎられた。

……帰ろ。先生からもらった缶入りのホットココアを左手に、職員室をあとにした。

靴に履き替えて校舎を出る。……うわぁ、寒いや。マフラーを巻き直したとき、体育館が目に入った。

瀬川くんたち、もう部活終わったのかな？　でも、まだ電気ついてるし……練習中かな？

……ほんのちょこっとだけ、見ていこうかな。

わたしは小さな好奇心をいだいて、体育館へ足を進めた。

バレーシューズの音と掛け声がこだまする、体育館。

瀬川くんの姿を探す。……あ、見つけた。

「さぁ、がんばっていくぞーっ！」

瀬川くんは汗を拭いながらも、目はボールを追いかけていた。やっぱり、誰よりもかっこいいよ。

わたしは、瀬川くんの姿を目に焼きつけて、『のぞき見をしてすみません』と心の中で謝りながら、頭を下げる。すると、視界にあるものを見つけた。

それは、瀬川くんのエナメルバッグ。あわてて部活に来たのか、ファスナーが開いたままで、荷物が出ている。

「……あ」

かわいくラッピングされたチョコが、顔を出していることに気がついた。

ふと、自分のカバンに入っている、渡せなかったチョコを思い出す。

自分で食べようと思っていたけど……やっぱり、渡したいかも。たとえ、直接じゃなくても。

わたしは、カバンからチョコを取り出した。震えた手を、必死に落ちつかせる。

そして、あたりに人がいないか、キョロキョロと確認してから、バッグの上にそっとチョコを置いた。

「……わたしの名前書いてないし、大丈夫だよね？」

『瀬川くんへ』としか、書いていない。

わたしは、ひと呼吸すると、バッとその場を離れ、大急ぎで家へ帰った。


次の日。

「本っ当に、見てねーか?」

「だーかーらー、見てないって。何度も言わせるなよ」

「じゃあ、誰がくれたんだろう?」

瀬川くんとたっちーの会話を聞いて、ビクビクしているわたし。

会話の内容は案の定、昨日、わたしが瀬川くんのバッグの上に置いたチョコのことだった。

「誰があげたんだろーね、瀬川くんに、チョコ」

ニヤニヤしながらわたしを見る麻衣。麻衣には昨夜、メールで報告した。

もう、そんな顔しないでよっ。麻衣だってたっちーに、『義理だから!』って言って渡したくせに。

「言っちゃえばいいじゃん。渡したのはわたしって」

「むむ、無理っ」

「でも、瀬川くんは、誰からもらったか気にするよ?」

わかってるけど……バレたくない。

「俺の名前が書いてあるから、もらっていいんだよな？」

瀬川くんたちの会話に、気づかれないようにコクコクうなずくわたし。

「……にしても、チョコくれたの、誰なんだろう。誰だかわかんないから、お礼も言えないや」

ポツリとつぶやいた瀬川くんの言葉に少し、胸が痛んだ。

……ごめんね、瀬川くん。

ホワイトデーの苦さ

バレンタインが過ぎて、三年生になる期待を浮かべていた、ホワイトデーの放課後。

空席ばかりの教室で、麻衣とふたり、ある人を待ちかまえていた。

昨日から風邪気味だから、早く帰りたいのに。

わたしたちが待っている相手。それは……たっちー。

昼休みに突然、『永納と浅井、ちょっと話したいことがあるから、放課後、教室で待ってて』と言われたんだ。

なんだろう？　麻衣に……告白なのかな？

でも、それなら、わたしは必要ないよね？　それとも、わたしはただの口実？

「あ、ごめんなー！」

声が聞こえて振り向くと、勢いよくドアを開けた、たっちーの姿があった。

「ったく、どれだけ待たせるの？」

「あはは－、悪い悪いっ。まず浅井に聞きたいことがあってさ」

「わたし？」

首をかしげるとたっちーがわたしを廊下へ連れ出した。

「浅井に聞きたいんだけどさ、永納って今付き合っているヤツいる？」

「いないよ？」

「放課後もバイトとかしてない？」

「わたしの知る限りじゃしてないと思うけど……」

「そっか！　よかった〜」

安堵するたっちー。

「本人に直接聞けばいいのに」

「こんなこと聞いたら変なヤツって思われるだろ？　それに……」

そう言ったたっちーの耳は赤くなっていた。

「ねぇ、たっちーってもしかして……」

「しっ！　絶対バラすなよっ」

少しカマかけただけなのに、とってもわかりやすい反応するたっちー。

そういうことなんだね。

「もしかして今日、告白するの？」

わたしはあらためて確認した。

「ち、ちがっ……」

「あやしいよ？」

「き、今日は別件だって。ほ……本当だからなっ」

『今日は』ってことは……たっちーも麻衣のことが好きってことだよね。

「じゃ、わたしは、もう帰ったほうがいいね？」

「何度も言うけど、告白じゃないからなっ」

「応援してるね」

「だから、ちがうって。余計なこと言うなよ浅井っ」

「バイバイ、たっちー」

たっちーを無視して教室へ戻り麻衣を見る。

「わたし先に帰るね」

「えっ、ちょっ遥!?」

麻衣が呼び止めるも小さく手を振り教室をあとにしたわたしは、昇降口へ向かった。

ごめんね、麻衣。そして、がんばれ、たっちー。

長いろう下を歩く。

すると、たまたま目に入った教室から、男女の寄り添う姿が見えた。

オレンジ色の夕焼けにキラキラ照らされている、カップルの姿。少しうらやましく思える。

オレンジ色を見ると……胸が苦しくなる。瀬川くんに告白された日のことを思い出すから。そして、なにも伝えられない自分が情けなくなるから。

ため息をつき、今度こそ昇降口へ足を進めた。そして自分の下駄箱を開く。

「……」

そこに見えたのは、まっ白な紙。

『お返し。チョコありがとう』

まっすぐに書かれた、達筆な字。その下には、小さな箱。

誰から？

……もしかして、ね？

胸が高鳴る。だって、わたしがチョコをあげたのは……瀬川くんしかいないから。

もしかして……もしかしなくても……瀬川くんから？

でも……瀬川くんはチョコの犯人がわたしだってこと、気づいていないはずだし。

箱を持つ手が震える。わたしの心も震えだした。

それに、これ……本当にわたし宛て？

わたしは、バレンタインのときと同じように、あたりをキョロキョロと見渡し、誰もいないことを確認して、ゆっくりと箱を開けた。

「友チョコなら、手渡しで渡してくれればよかったのに。なぁ、浅井」

と同時に、頭の上から降ってきた声。わたしは、大あわてで顔を上げた。

「バレンタインの日にバッグの上に置いてあった、あのチョコ、浅井でしょ？」

わたしの目の前には、ジャージ姿の瀬川くんが立っていた。

「あ……いや……その……」

「やっぱり当たりだ。なんで直接渡してくれなかったの？」

「あ……えっと……」

「なんてなっ。そんな困った顔するなよ」

わたしの頭を、ぐしゃっとなでた瀬川くん。一瞬、心臓が破裂するかと思った。

「な、なんでわたしからって、わかったの？」

「前にくれたラッピング袋と同じだったから」

「え⁉　ウソ⁉」

「本当。だからうすうす気づいてはいたんだけど、今の様子で確信した」

あぁ、わたしとしたことが……。知らず知らずのうちに、前と同じ袋を選んでたのかも。

「お返し、のど飴だから」

「え？」

「浅井、風邪引いてるでしょ？」

「……え？

「その……のど飴とか、ショボくてごめんな」

「……」

「あ……浅井？　……って、おわっ!?　ななな、なんで泣いてんだよっ」

わたしは、気がついたら泣いていた。

『おい浅井、風邪大丈夫かー？』

中学のときも、瀬川くんとこんな会話をした。そして、小さくうなずくわたしに、
そのときも言ったんだ。

『はい、のど飴やる。……ショボくてごめんな』

同じ会話をしただけなのに、涙があふれてきた。瀬川くんの言葉を聞いて、昔のことがよみがえってきたから……。

「ご、ごめんな、浅井っ。そんなに、のど飴がイヤだったんだな」

泣きじゃくるわたしの肩を、優しくなでてくれる瀬川くんに、うつむきながら首を振る。

のど飴だって、うれしいよ。わたしの風邪に気づいてくれたことが、うれしいの。

チョコを渡したのがわたしだって気づいても、イヤがらずに笑顔で接してくれて、それもうれしくて……。

瀬川くんは、悪くない……悪くなんかないの。

わたしが……わたしが、いつまでも瀬川くんを想っているせいなの。

わたしは、いつも……いつも瀬川くんを困らせてばかりなんだ。

瀬川くんだって、うんざりなはずなのに、こうして優しくしてくれるから……。

涙でうっすらと見えたわたしの足もとを、窓から差しこむオレンジ色の夕日が照らしていた。

ありがとう、瀬川くん。


「ったく、なんなのよー」

次の日、学校に来て早々、わたしの机に堂々と顔をふせる麻衣。

「どうしたの？」

「たっちーのヤツ、なんなのよ」

「昨日……たっちーとなにかあったの？」

「……呼び出されたかと思えばさ、いきなり、なんて言ったと思う？」

呼び出しだし昨日の様子だと気持ちを伝えたとか？

たっちー、麻衣に気持ちを伝えたんじゃ……？

「『永納、頼む！　俺に……勉強を教えてくれ！』だって」

んんん？　勉強？

「アイツ、相当頭が悪いらしいよ。それで、担任に呼び出しくらって、このままじゃ留年だって言われたらしくて」

それで、いつもテストの順位がトップスリーに入る麻衣に助けを求めたんだ。

「それでそれでっ？　麻衣は引き受けたの？」

「……あんなに泣きすがれちゃ、ほっとけないっつーの」

ふぅっとため息をつく麻衣には悪いけど、やったね、たっちー！　麻衣と勉強ができるねっ。

「なんか……期待して、損した」

さっきよりも切ない表情で、窓の外をながめる麻衣。麻衣、損なんてしてないよ。むしろ、ラッキーじゃん。

いつかきっと……たっちーは、麻衣に気持ちを伝えるよ。

「あ、瀬川くんだ」

さっきまでの態度とはちがい、ニヤニヤしてわたしを見たあと、窓を指差す麻衣。

わたしは、一気に昨日の放課後を思い出した。

昨日あれからも、瀬川くんはわたしが泣きやむまで、そばにいてくれた。部活があったはずなのに。

『たまにはサボリもいいな』

謝るわたしに、そう言って瀬川くんは笑った。その笑顔を見て、わたしはあらためて、申し訳ない気持ちになった。

そして、別れ際。

『何度も言うけど、浅井のせいで俺がサボリになったなんて思うなよ？　俺が勝手に、いただけなんだから』

『だ……だけど……』

『いーから。それに、俺がのど飴を渡してガッカリさせたんだし』

瀬川くんは最後まで、わたしがのど飴がイヤで泣いていると思っていた。嫌いじゃないのに。むしろ、うれしかったからなんだけど。

「おーい、はーるか！」

麻衣の言葉で、一気に意識を戻される。眉間にシワを寄せる麻衣に、苦笑いをした。

「おはよう、浅井に永納！」

そのとき響いた、わたしの大好きな声。

片想いだからこそ、声を聞くだけでも、目が合うだけでも、うれしくって。

「おはよう、瀬川くん」

「お……おはっ……」

わたしは今日も、瀬川くんにうまくあいさつができない。
窓から入りこんだ風から、ほのかに桜の香りがした。
高校二年生が終わる。
もうすぐ、四月。
高校三年生になる。

kimi no tonari de
orenjiiro no koi wo shita.
第二章
隣にいちゃ
ダメかな？

三年目の片想い

「行ってきまーす」

玄関を開けた瞬間、太陽のまぶしさに、思わず目をつぶった。

今日から、高校三年生。着なれた制服に身を包んでいるけど、やっぱり新鮮な気分。

新しい日々が始まるということに、胸が高鳴る。

「あっ、おはよう、遥！　早く見にいこうよ」

学校に着くと、わたしを見つけて手を上げる麻衣。わたしはうなずいて、麻衣のあとを追う。

そう、わたしたちは今から、クラス表を見に、掲示板のところへ行くのだ。

「……うっわー、人が多くて、全然見えないじゃん」

予想以上に、掲示板の前は人であふれていた。それでも、麻衣はズンズン前に進んでいく。

「んぐ……ほ、本当だ。ま、麻衣ぃ、わたし、苦し……」

人並みに飲まれるわたしは、麻衣の制服の裾をつかんで進むのが精いっぱい。

「遥ー、わたし、掲示板見えた」

「えぇっ⁉」

　麻衣と同じクラスになれますように。あと……瀬川くんとも、なれるといいな。

　急に来た緊張感。

「えっと、遥は二組で、わたしは……わたしも二組！」

　わーいっと、ハイタッチをしあった、わたしたち。

　やったぁ、三年生でも麻衣と同じクラスだ。

「あ……あのー、麻衣……」

「ん？」

「せ……瀬川くんの……クラスはわかる？」

「それはやっぱり、自分で探しな」

　麻衣に引っぱられて、掲示板の前に立たされた。一気に、心臓が飛びはねる。

　一組から順に見ていく。せ……瀬川朱希……くん……。

「……あ」

「ん？　見つけた？」

「う……うん」

　わたしは、麻衣に向けて笑顔を作ると、人込みの中をすりぬけて掲示板から離れた。

「ちょ……は、遥っ？」

わたしがあまりにもあわてて走りだしたからか、麻衣が心配そうな顔で追いかけてくる。

「どうだったの？　瀬川くん何組だった？」

「……だった」

「え？」

「せ……瀬川くん……二組だった。三年も同じクラスだよぉ」

わたしはうれしさを噛みしめて、Vサインをした。

わたしがダッシュで掲示板から離れたのは、うれしすぎてその場に立っていられなかったからだ。

すると、麻衣がふふっと笑った。

「……ふふっ、やったぁ」

わたしもつられて笑い、再び喜びを噛みしめる。

「遥ったら、めちゃくちゃうれしそうな顔しちゃっ……って、泣いてる⁉」

「だって……うれしすぎだもん。うれし泣きだよー」

昨夜、夜空で微笑む星に何度も何度もお願いしたんだ。

『瀬川くんと同じクラスになれますように』って。

「あ、瀬川くんとたっちーだ」

麻衣の言葉に、わたしはあわてて振り返る。

「永納と浅井ーっ」

たっちーが両手を振りながら、瀬川くんと一緒にわたしたちのところへ向かってきた。麻衣はそんなたっちーを見て、あきれた表情をしてる。

「クラス表、見た？」

「見たよ。わたしと遥と瀬川くんは、同じクラスだって」

「ちょ……待てよ。俺も一緒なんだけど！」

隣を見ると、麻衣は知っていたのか、あんまり驚いていない。なんだ……麻衣、たっちーの名前まで、しっかり見てたんだぁ。

「気づいてくれなかったのかよ」

「たっちーが、瀬川くんほど存在が濃くないからじゃない？」

「な……永納、ひどっ」

ツンツンする麻衣に、オロオロするたっちー。やっぱり、ふたりの組み合わせはおもしろい。

「……浅井、三年でもよろしく」

わたしを見て優しく微笑む瀬川くんに、キュンとくる。

「わ……わたしこそ、よろしく」

三年目の片想いが始まった。

二組の教室に入り、席は出席番号順ということを確認した。

『浅井』だから、毎回一番前なんだけど……。

「あー、一番前、俺じゃん」

と言いながら、ひとりの男子が、わたしのいつもの席に座っている。

あれ？　わたしより名前が早いのかな？

「ん、なにか？」

すると、その男の子が振り返って、わたしに話しかけてきた。

「あ……その……わたしよりも、出席番号が早いんだなと思いまして……」

「ふーん。アンタ、名前なんていうの？」

「わ……わたしは、あ……浅井です」

「……マジ？　俺も浅井なんだけど」

わたしたちは、顔を見合わせた。まさか、同じ名字だなんて。

「俺、浅井一馬。呼び名は下の名前でいい。同じ名字同士、よろしく」

「わ……わたしも、よろしくですっ」

浅井一馬くんか。ふふっ……同じ名字なんて、なんだか親近感湧いちゃうな。

そして、何気なくあたりを見まわしてみた。すると、隣の隣に、瀬川くんの姿が。

「おっ、浅井じゃん!」

こっちを見て、無邪気な笑顔で話しかけてくれる瀬川くん。

うわぁ、これって、わたしに言ってるんだよね? はずかし……。

「おー瀬川じゃん」

「まさか、お前と同じクラスになるとはなっ」

んん? わたしではなく、一馬くんと話しはじめる瀬川くん。あれ? わたしに話しかけてたんじゃなかったんだ?

「……なぁ、浅井はどう?」

どうせ一馬くんに聞いてるんだよね。瀬川くんの、そんな言葉が聞こえても、わたしはうつむいたままでいた。

「おーい、浅井遥ぁ」

ドキッ……。

今、瀬川くんが……瀬川くんがわたしの、な……名前を呼んだよね⁉ ヤバイ……ドキドキが最高潮だよ。

「な……なんでしょうかっ」

「浅井、今の聞いてた? 浅井と浅井の名前が一緒で、ややこしいなって話だよ」

「あ……うん。聞いてた」

ってていうか、それどころじゃないよ。瀬川くんが、わたしの名前を……。

「……遥」

「へ？」

「俺、遥って呼ぶ」

一馬くんが、ニッと笑いながら言う。びびびび、びっくりした。いきなり、名前で呼ばれるんだもん。

「遥、でいい？」

「だ……だいじょぶでっす」

うわぁ……緊張しちゃう。

「いきなり、下の名前かー？」

「だって自分と同じ名字を、呼びたくないだろ？　だから、遥、で」

また、遥って言われた。なんだろう……男子から遥って呼ばれると緊張しちゃう。

「瀬川はどうする？」

「俺は浅井でいいや。今さら下の名前とか、慣れないし」

一瞬、瀬川くんも遥って呼んでくれることを期待したけど……結局、浅井のままで。

そして、瀬川くんは一馬くんのことを『カズ』、一馬くんは瀬川くんのことを名前で呼ぶことになった。

「はい、みんな、席に着けー」

少しして、先生が入ってきた。

わたしたちの担任は、男っぽい女の先生だということが発覚した。若くて顔はきれいだけど、言葉づかいも髪型も、かなり〝男前〟。本人の希望で、あだ名は『須田(すだ)ちゃん』。

「みんないるよなー？　じゃあ、出席を取るぞ。……浅井っ」

「「はい」」

ん？

「あ、同じ名前だから、一緒に言っちゃったんだな。でも、今のは浅井一馬のほう」

わたしは、はずかしくなりうつむいた。……同じ名前って……いろいろと不便だよ。

そのあと、始業式と須田ちゃんの初LHR(ロングホームルーム)が終わると、みんなは帰る準備を始めた。

「じゃーな、遥」

そう言って、教室を出た一馬くん。

それから、わたしも教室を出ようとした直前、バレンタインに瀬川くんにチョコを渡しに来ていた子を発見した。

　昨年は隣のクラスだったけど、今年は同じクラスになったんだ。名前は……橋本さんだったような気がする。

　新しいクラスに、さまざまな思いをいだきながら、わたしは麻衣と一緒に昇降口へ向かった。

「遥、久々にラブリーに寄らない？」

「行く行くー！　あそこのハンバーグ、おいしいもん」

　ラブリーっていうのは、学校の近くにある、女の子たちに大人気のカフェのこと。ハート型のハンバーグがおいしくて、わたしたちは大好きなの！

「遥、たっちーとのこと相談したいから、ちょっと聞いてくれる？　……あ、ラブリーに着いてからでいいや」

　下駄箱で、そう言った麻衣に続いて靴を履き替えていると……。

　近くのろう下で、数人の男子と話をしている瀬川くんが目に入った。ジャージに着替えてるってことは、今から部活かな？

『部活、がんばれ』

　そう、心の中でつぶやいた瞬間。

　あれ……？　瀬川くんが、こっち見てる？

どうしよ……心の声が、聞こえちゃったのかな？　どどど、どうし……。

「遥、なにしてんの？　帰るよー」

不思議そうに、わたしを見る麻衣。わたしは「今行く」と返して、再び瀬川くんを見た。

「……っ」

すると、瀬川くんが男子にまぎれながらも、わたしに手を振っていた。そして、口パクで言ったんだ。

『ま、た、あ、し、た、な』

わたしは、首が取れちゃうんじゃないかってくらい、一生懸命うなずく。そして、小さく手を振り返して、さっと校舎をあとにした。

む……無理。あんなことされたら、心臓がもたない。だけど、うれしかったなぁ。

「遥ちゃーん？　瀬川くんとのテレパシーでの会話は、楽しかったー？」

麻衣の言葉でいきなり、現実に引き戻された。

わたしは、ラブリーに着くまで赤面しながら、麻衣の隣を歩いたのだった。

「……なの。ねぇ、遥どう思う？」

ラブリーで座った席で今、目の前に、ほっぺを膨らます麻衣がいる。麻衣が怒っている理由は、たっちーのこと。

麻衣は、あのホワイトデーの日から、放課後は毎日、たっちーと勉強をしていた。

もちろん、ふたりで。

そして、勉強の成果を見るために、二年の終わりに、先生がテストをしたらしい。

結果は……かなりよかったみたいなんだけど、先生が引き続き春休みも行うように、麻衣に言った。

だから、春休みもちょこちょこ学校に来て、ふたりで勉強していたのに。登校日に、たっちーだけ呼び出されて行われたテストで……。

『あ……ありえないっ！』

前回のテストとは打って変わって、かなーり悪くなっていた。それで、麻衣の怒りがおさまらないのだ。

「マジになって教えてたわたしって、バッカみたい」

「ま、まだまだ、これからだよっ」

「お待たせしました！　ラブリーハンバーグです」

すると、店員さんが現れ、頼んでいたラブリーハンバーグ……略して〝ラブハン〟が置かれた。とたんに、わたしの目がハートになる。

「ラブハンで目がハートになるなんて、やっぱり遥だよね」

だって、ハート型のハンバーグなんて、すごくかわいいんだもん。味もおいしいし元気が出るラブハンは最高っ。

「遥の食べてる顔、瀬川くんが見たらどう思うだろーね」

「せ……せぎゃわくん⁉」

突然、瀬川くんの名前を出されて、思わず言葉を噛んでしまう。

「きっと、遥の食べっぷりに笑ってくれるよ」

ケラケラ笑う麻衣をにらむ。わたし、そんなに豪快な食べ方してるかな？

でも……瀬川くんと付き合ってるときには、こんなふうにお店に来たことはなかったな。

下校は一緒にしてたけど、なにも話せなくて……。学校でも目を合わせるのがやっとで。

向かいあって話せたのは、何回あったかな？　何度、目を見て話せたのかな？

付き合っていても、瀬川くんは本当にわたしのことが好きなのか、不安だった。

瀬川くんが、わたしと付き合っていていいのかなって、何度思ったことか……。

ラブリーのお店の窓から桜の木が見えた。花びらが優しく舞っている。

あのときと同じ、桜。わたしと瀬川くんが、別々の道を歩みはじめた、あのときと同じ。

だからかな？　ラブハンを食べていても……切なさがこみあげてくるのは。

あのとき……中学三年生のときから月日は経っているのに、胸の切なさはいつまでも……消えないね。

「コラ、遥！」

麻衣にいきなり呼ばれ、風船が割れてびっくりしたときみたいな驚きを、隠せなかった。

「なに、ボーッとしてんの。ラブハン、わたしが食べちゃうよ？」

「ダーメ！　ラブハンは、わたしのだもんねっ」

あははっと、目尻を下げて笑う麻衣。

高校三年生が始まった今日、瀬川くんと麻衣と、それからたっちーと同じクラスになった。

クラスでは、同じ『浅井』という名字の一馬くんと出会った。

そして、……瀬川くんから初めて口パクで『また明日な』って言われた。

今日一日で、こんなにうれしいことが重なって、これからどれだけ楽しい学校生活が始まるんだろう。

そんなことを思いながら、麻衣と笑いあった。

雨の日のドキドキ

始業式も終わり、最後の高校生活が始まって二ヶ月。

三年生のわたしたちは、さっそく、実力テストがあった。結果が返され……春休みに遊びすぎたかな？　と、反省をしたわたし。

そして、麻衣にスパルタ授業をしてもらっていた、たっちーは……。

「っしゃー！　学年で二七〇位になったぞ！」

と、わたしたちに自慢してきた。たっちー本人にしては、最高順位を出したらしい。

「健真、まだまだだな」

喜ぶたっちーに、自分の順位の紙を見せたのは、瀬川くん。それを見て、たっちーの笑顔は一瞬にして消えてしまう。

勉強が得意な瀬川くんだから、きっと上位だったんだろうなぁ。

「あっ、カズはどうなんだよっ」

たっちーはそう言って、また笑顔になり、わたしの前の席にいる一馬くんに話しかける。

「ん、どうぞ」

一馬くんは隠すこともなく、わたしたちみんなに、順位の載っている紙を見せた。

「「「…………」」」

その文字を見た瞬間、わたしたちは目が点になってしまった。

「カ、カズ……これ、カズの順位のヤツだよな？」

「そうだけど、なんだよ」

「だって……だってだって……」

『総順位一位』

これが、一馬くんの順位だった。ウ……ウソぉ、本当に？

「あぁ、そういえば、毎回テストで一位の名前って『浅井一馬』だった？ような気が……」

「ありがとう。毎回三位以内に入る永納麻衣サン」

「……ちょっと、アンタに言われたくないんだけど」

「ま……まぁまぁふたりとも……」

わたしが遠慮がちにふたりの間に入ると、麻衣から戦いを挑むような目が一馬くんに向けられた。ひ……ひぇぇっ！

「まぁ、さすがに遥の順位までは知らないんだけどな」

「う……。す、すみませんねー、頭がよくなくって」

最近では、一馬くんとも冗談を言いあうようになった。

数日後の放課後。

「う……ウソー!? わたし今日、傘持ってきてないよ！」

わたしは、窓の外に映る雨空を見て叫んだ。

「ま……麻衣ー、お願いっ！」

「仕方ないから入れるわよ。その代わり、今度ラブハンおごってね」

傘に入れてもらうだけで、ラブハンをおごるなんて……麻衣ったら、ちゃっかりしてる。わたしはしぶしぶうなずいた。

「傘に入れてくれるなんて、ありがとうな、カズ！　マジ天使～」

背後からは、一馬くんに対するたっちーの尊敬の言葉が聞こえた。一馬くんは、気だるそうに傘をさす。

「あ、たっちー情報なんだけど。明日、瀬川くん、部活休みなんだって」

麻衣が思い出したように、わたしに耳打ちした。

いきなりの瀬川くん、という単語に、毎度ながら飛びはねる心臓。瀬川くんが、目の前にいるわけじゃないのに……。

「だから、四人で帰りにラブリー行かない？」

「う、うぇい!? ラ、ラブリーに？」

「そ。ちょうど明日、たっちーと勉強する予定だったし」

う……ウソ。麻衣たちふたりも一緒とはいえ、瀬川くんと一緒に寄り道ができるなんて。

胸の鼓動が、急に早くなる。体中が、一気に熱を増す。

「ふたりとも賛成みたいだよ。だから、行くっきゃないでしょ？」

わたしは小さくうなずいて、歩きだした。楽しみだけど、やっぱり不安。

昔のわたしと瀬川くんには、一緒にいても、無言しかなかったもん。そりゃ、麻衣とたっちーもいるから、ふたりきりじゃないんだけど。

「な、永納ぁ、傘に入れてー」

しばらく歩いていると、後方から、悲しそうに叫ぶたっちー。少し離れたところに、一馬くんもいる。

「カズとは、ここでお別れなんだよ！　だから永納、一緒に入れ……」

「いーや。って、遥とも、ここでさよならじゃん」

「あ、本当だ。麻衣、傘ありがとうね！」

「いいよ。明日、ラブハン待ってるから」

はっ……そうだった！

「永納、入れてくれてよー」

「……もうわかったから。入れるけど、ちょっと離れて」

麻衣とたっちーの言い合いを微笑ましく感じながら、わたしは一馬くんと並んで歩きだした。

「あれ？　遥もこっち？　じゃあ、一緒だな。それにしても、雨、やまないな」

傘をさしながら隣を歩く一馬くんが、ポツリとつぶやく。わたしは無言のまま小さくうなずいた。

「入れよ。遥、濡れてるし」

「でも、一馬くんが窮屈に……」

「いいから、入れって」

ぐいっ。

腕を引っぱられて、傘の中に入れられた。わたしと一馬くんの距離が一気に縮まる。

「……か、一馬く……」

「風邪引かれたら困るし、入っとけよ」

わたしは遠慮がちにうなずき、『ありがとう』と言って、うつむきながら歩いた。

一馬くんって、クールだけど優しいな。

「俺と相合傘なんてイヤだと思うけど、我慢しろよ」

「へ？　ありがたいよ」

一馬くんは無言のまま、前を見ている。わたしは、水たまりを気にしながら歩く。

「……さっきから思ってたんだけど、遥、子どもみたい」

「んな！　み……水たまりを避けてるだけだもんね」

「それが子どもなんだって」

せっかく優しい人だと思ったのに、やっぱり一馬くんは一馬くんだ。わたしはプンプンしながら歩き続ける。だけど……。

「……ほら、あぶないって」

と、わたしが雨に当たらないようにガードしてくれる一馬くんに、ちょっぴりドキドキした。


「おはよう、遥」

次の日、いつもよりスネたような表情で、麻衣が話しかけてきた。どうしたのか聞くと……。

「たっちーのせいで雨に濡れたんだけど。マジ最悪」

「ま……まぁまぁ。でもたっちーと相合傘できてよかったじゃん」

「……よかったけど、アイツ場所取りすぎなんだっての」

するど。

「おはよう、お子ちゃま」

頭上から誰かの声が降ってきた。

パッと上を向くと、一馬くんがふっと笑いながら、わたしを見ている。お、お子ちゃま⁉

「浅井くん、お子ちゃまって？」

「あー。昨日、あのあと、俺の傘に遥を入れたんだよ。そしたら、子どもみたいに水たまりを避けててさ」

「……遥ったら、浅井くんと相合傘したの？」

わたしをチラッと見て、麻衣は驚いた表情を見せた。

「あ、うん。雨降ってたから」

「なにか、思いが芽生えちゃったりした？」

「……⁉　な、なに言ってんの。そんなわけ……」

「おはよーっす！　カズ、それに、浅井に永納」

すると、瀬川くんが教室に入ってきた。わたしは小さく会釈する。

「……って朱希、なんで濡れてんだよ？」

「あぁ、聞いてくれよ。晴れてたから、朝練で外走ってたら、雨降ってきて濡れたんだよっ」

本当だ。髪から、ポタポタと透明な滴が流れてる。そのままにしてたら、風邪引いちゃう。

「せ、せ……瀬川くん」

「ん？」

「タ……タオルを……」

わたしは、カバンに入っていたタオルをサッと取りだし、おずおずと瀬川くんへ差しだした。

「いや……いいよ、浅井」

だけど、瀬川くんは困った顔をしていた。

……やっちゃった。瀬川くんを困らせちゃっ……。

「いいから使いなよ、瀬川くん」

「え？ で……でも」

「遥はハンカチ持ってるから心配ないよ。ね、遥」

麻衣がウインクをして、わたしを見た。麻衣のフォローにコクコクうなずく。

「いいのか？ 浅井」

「い……いいよっ。ど……どうぞ、使ってください」

「じゃあ、お言葉に甘えて使わせてもらうよ。実は俺のタオル、濡れててさ」

瀬川くんがそう言い、わたしのタオルで首もとの水滴を拭く。

「あのさ、頭も拭いて大丈夫？」

不安そうに聞かれ、わたしは大丈夫、とうなずいた。

瀬川くんが、わたしのタオルで髪を拭いている。その姿が、スローモーションのように見える。

わたしの心は、ドキドキが最高潮だった。

そして、朝のドキドキのせいで、その日は、なかなか授業に集中できなかった。

タオル……瀬川くんに、メロメロになってないかな？　でも、瀬川くんに使われたタオルが、うらやましい……って、わたしはヘンタイかっ！

「遥、なに百面相してんの？」

気がつくと目の前には、カバンを持った麻衣が立っていた。

「もう帰るの？」

「バカ、もう放課後だから。今からたっちーと瀬川くんと一緒にラブリーに行くよ」

「ウ、ウソ!?　もう放課後？」

ドアのほうを向くと、ニコニコするたっちーと瀬川くんが。

あわわっ。わたしは、あわててカバンに教科書を詰めこんだ。

外は、昨日より強い雨。また雨か、と心の中でつぶやいて、あることに気づいた。

「ま……麻衣……あのぉ」

「なに？　またラブハンのおごり、追加してくれるの？」

「……傘に入れてください」

そう、わたしはまたしても、傘を忘れていた。今日も雨予報だから家を出るときは持っていたのに、一度忘れ物のノートを取りに帰ったら……置き忘れたのだ。

「ったく。はい、どーぞ」

「ありがとう、麻衣」

「いや、またおごりが増えて、うれしいよ」

ニヤッと笑う麻衣に、お財布と相談する間もなく、また条件がつけられてしまった。

「ていうか、瀬川くんに入れてもらえばよかったのに」

傘に入り、校舎から離れていく際に、ふと麻衣が言った。

「そ、そんな関係じゃないし、緊張するし……」

「たしかに。きっと遥の心臓、ぶっ飛ぶね」

たっちーとうしろを歩く瀬川くんをチラ見すると、瀬川くんは無邪気に笑っている。

うん、絶対無理。

麻衣の言うとおり、あの笑顔もサービスされたら、確実に心臓……ぶっ飛ぶ。

そして、雨の中、他愛ない会話をしながら、ラブリーに着いた。

「うわ、女の子ばっかり」

「俺ら、場ちがいじゃねーか？」

瀬川くんとたっちーが、大きい体を縮めながら、ヒソヒソと話す。たしかに、男の子は……ひとりもいない。

「で……でも、通称ラブハンっていう、おいしいハンバーグがあるんだよ！」

「マジ？　っしゃ、食うぞ！」

「ちょっと、なにしにここに来たと思ってるの？」

喜ぶたっちーを見て、麻衣が不敵な笑みを浮かべる。わたしはたっちーが凍りついたのを見逃さなかった。

そう、ここに来た理由は、麻衣がたっちーに勉強を教えるため。わたしと瀬川くんは……強制ってヤツ。

「わたしがいいって言うまで、たっちーはラブハンはお預け」

「はぁ？　ウソだろぉ、永納ぁ……」

「遥、瀬川くん、席あそこにしようよ」

さっきまで使っていた傘の水滴をお店の床に落としながら席へ移動。

「さてと、たっちーはわたしの前に座ること、いいね？」

な、なぬ⁉　たっちーはわたしの前に座ったら、わたしの前って……。

すがるような目で、麻衣を見ると……。

「たっちーに勉強教えるんだから仕方ないでしょ？　それに、遥にとってはラッキーなくせに」

「そ、そんなわけ……」

「ふたりとも、早く座れよ」

メニューを片手に、瀬川くんが呼んだ。わたしは麻衣に背中を押されて、瀬川くんの前に座る。

そして、麻衣は注文するよりも先に、さっそく筆箱を取り出した。

「さて、たっちー勉強始めるよ」

「えー、もう⁉　……もうちょっとゆっくり……」

「ダ、メ。わたしは早く終わらせて、ラブハンが食べたいの。遥、ラブハンひとつ、先に注文よろしく。遥と瀬川くんも、なにか頼みなよ」

麻衣ってば……。

わたしが注文のボタンを押すと、ささっと店員が来たので、飲み物と麻衣の分だけラブハンを頼んだ。

「教科書ーっと……ってあれ？」

「どうしたんだよ、健真」

「す……数学の教科書がない。今日は、授業なかったし。あ！　一昨日勉強した図書館に、置いたままだっ」

「はぁ？　ウソでしょ？」

教科書を置き忘れてくるという、まさかのパターン。あちゃー、麻衣……キレちゃうんじゃ……。

「うーん……他の教科もしたいけど、たっちーはとくに数学が弱いし……仕方ないから、取りにいくしかないっか」

だけど、麻衣は落ちついていた。

「ってことで、瀬川くんと遥、ここでバイバイだね」

「な……なに言ってるの？　みんなで一緒に図書館に……」

「大丈夫。遥と瀬川くんは、ラブリーに残りなよ」

「なんで……」

「だって、今ラブハン頼んじゃったじゃない。食べずに帰るなんて、ラブハンがかわいそう。だから遥、わたしの代わりに食べて？」

たしかに、ラブハンがかわいそうだけど、せ……瀬川くんとふたりきりって……。

「じゃ、わたしたちはこれで」

そして、ラブハンを食べたがるたっちーを引っぱりながら、麻衣はラブリーを出ていった。

ふたりきりで席に残された、わたしと瀬川くん。

「……」

……ほらね、早速、沈黙（ちんもく）だよ。嵐（あらし）がすぎ去ったあとのように、すっかり静かになってしまった。

「お待たせしました。ラブリーハンバーグです」

そんな、わたしたちの沈黙を破るかのように、ラブハンが登場した。

「……それがラブハンっていうのかぁ。ウマそうだな」

少し間があったけど、瀬川くんが話しかけてきてくれた。わたしは、ラブハンを見つめながらうなずく。

「ひと口……いい？」

「あ、うん。……はい」

まだ使っていないフォークを、瀬川くんに渡す。瀬川くんはラブハンを口にした。

「ん、ウマい。俺も、ラブハン食おっかなっ」

『すみませーん』と片手をあげ、近くにいた店員に話しかけた瀬川くん。

「ありがとうな。俺もラブハンに目覚めたぞ！　……なんちゃって」

「あ……ははっ。目覚めたって、お……おもしろいよ」

「そんな笑うなよ、浅井。あっ、フォークありがとう」

わたしの手もとに、返されたフォーク。

こ、このフォークは今……瀬川くんが使った物なんだ。瀬川くんの口へ運ばれた、とても貴重なフォーク。

うわぁ……わたし、手が震えてるよ。

瀬川くんが使ったフォーク……使っていいのかな？　いや、使えないよ……。

「浅井、体調悪い？」

「へっ？　い……いや……大丈夫だよ」

「でも、さっきから震えてるし、それに、フォークばかり見つめてるし……」

「あ……これは……その……」

わたしは口ごもって、フォークに視線を落とした。そして、胸の高鳴りを懸命に抑えて言う。

「せ……瀬川くんが、つ……使ったフォークで……その……」

「あっ、ご……ごめんなっ！　俺、なにも考えてなくてっ」

「いや、せ……瀬川くんは、なにも悪くないよ。わたしが、勝手に震え……」

「お待たせしました。ラブリーハンバーグです」

店員さんって、こんなにタイミングいいものなのかな？

瀬川くんの前にも、ラブハンが置かれた。

「浅井……フォーク替えようか？」

「あっ、うん」

フォークを交換する。よかった。これで安心して食べられる。

そしてふたりでラブハンを食べはじめた。

そんな中、ふと感じた。

さっきははずかしかったけど……わたし幸せだな。

好きな人と同じ空間で、同じ物を食べている。

それに、一緒にラブハンを頼んでくれたのも、瀬川くんの優しさなんじゃないかなって思う。

わたしがひとりでラブリーに残らないようにって。考えすぎかもしれないけどね。

会話はない。あの頃も、今も。

だけど、あの幼かった中三の頃とはちがう。

張りつめた空気じゃない。おだやかな空間の中にいる。

それはきっと、ラブハンを食べながら、時折瀬川くんが、優しい笑みを見せてくれるからだね。


「よし、食べ終わったし、出るか」

食べ終わった皿を見つめていると、瀬川くんの声が降ってきた。わたしはうなずいて、席を立つ。

「俺が払うから、浅井はいいよ」

「い……いや……いいよ。自分で……」

「いいって。外で待ってて」

そう言って、瀬川くんが支払いを始める。わたしは小さく頭を下げて、おずおずとラブリーを出た。

どうしよう。瀬川くんにラブハン代、払わせちゃったよ。

「……ひゃっ」

わたしの頬に、冷たい水滴が落ちてきた。ウソ……まだ雨、降ってるじゃん。

どうやって帰ろう？　雨宿りしながら、家まで帰ろうかな？

「お待たせ……って、ウソ!?　雨降ってるしっ」

すると、瀬川くんも隣で空を見あげながら、顔をゆがめた。

シーンとする、わたしと瀬川くん。や……ヤバイ。わたしが傘持ってきてないから、
瀬川くん、困ってるんだ。

「まぁ、とりあえず、帰ろっか。浅井、傘……」

「瀬川くんっ。き……今日はお支払いまでしていただき、ありがとうございました！

では、お先にっ」

これ以上、瀬川くんに迷惑はかけられない！　わたしは勢いよくお辞儀をして、家へ向かおうとした。

だけど……。

「ま……待てよ、浅井」

瀬川くんに、腕をつかまれてしまった。ひ……ひゃあああ。

「そのままだったら、浅井、濡れるから」

「こ……これくらいの雨なら、平気……」

「バカ。風邪引くじゃん」

そう言って、瀬川くんが傘を開く。

こ……れって、もしかして……瀬川くんと、あああ……相合傘するってこと⁉

「ん、使いなよ」

だけど、瀬川くんは相合傘ではなく、わたしに傘を渡してきた。

「俺、家近いから、傘いらないし。浅井、使えよ」

「え!? でも……」

「小さい浅井には少しデカい傘だけど、風邪引くよりはマシだろ？」

「んな……小さくな……」

「じゃあな！」

そう言って、雨の中をカバンを傘の代わりにしながら走りだした瀬川くん。

ウソつき。

瀬川くんの家って……ここからだと、遠いじゃん。

なんで……なんでいつも、そんなに優しいの？

でも、ちょっとイジワルだったな。小さいとか。

傘……使っていいかな？

瀬川くんの言ったとおり、大きめの傘をさして帰った。

家に着くと、スマホを取りだした。

「お礼……言わなくちゃ」

メッセージ作成画面を開くけど、なかなかまとまらず、打ってはクリアキーを押すばかり。

【ラブハンの支払いと傘
ありがとう。】

悩んだ末……送信。は……初めて、自分からメッセージ送っちゃったよ。瀬川くん、
読んでくれるかな？
すると、すぐにスマホが光った。瀬川くんからだ。

【どういたしまして。
浅井、風邪引くなよ！
ラブハン、ウマかったな。
また行こうな。】

ま……また行こうって……ふたり、じゃなくて、麻衣とたっちーを含む四人でって
ことだよね？
メッセージなのに、こんなにドキドキしちゃってるよ。

昨日、一馬くんと相合傘はしたけど、瀬川くんに傘を借りた今日のほうが、ドキドキは大きかった。

「……あ……朝練のあととか……大丈夫かな?」

「ふぁぁ……いつでもいいんじゃないの?」

次の日、朝早く学校に来ていたわたしは、そわそわしていた。隣には眠たそうにあくびをする麻衣。

「ていうか、朝早く来る必要あったの?」

「だ……だって……昼間は、タイミングがないじゃん」

早く来たのは、瀬川くんに傘を返すため。

『傘くらい普通に返せるじゃん』と言う麻衣だけど、普通になんてわからない。だから、麻衣にお願いして一緒にいてもらってるのに……。

瀬川くんと普通に接するなんて……今のわたしには、無理だよ。

「あれ? 永納と浅井。おはよーっ」

目の前にはたっちーがいた。

ホッとしたような、少しがっかりしたような気持ちでいると、背後から、また声が響く。

「おぉ、おはよう健真！……って、浅井と永納じゃんっ」

振り返ると、エナメルバッグを持った……瀬川くんがいた。

……ドキン。

「早いね？ なにかあったの？」

あれ？ なんだか声が枯れているような……？

「遥、ほら」

ポンッとわたしの背中を押した麻衣は、たっちーと教室に行ってるから、と、耳もとでひと言残した。

……って、えぇぇ!? わたしと瀬川くん……ふたりきりじゃん!!

「浅井？」

「せ……瀬川くんっ」

「ん？」

「き……昨日は、きゃさ、あ……ありがとうございましたっ」

サッと傘を差しだした。……って、ハッ！ わたし今、噛んじゃったよね？『傘』を『きゃさ』って……。

「ふっ……あははは。朝から笑わせてくれるなー、浅井は」

だけど、笑っている瀬川くん。わたしは、はずかしくなってうつむいた。

「浅井、ごめんって。そんなに落ちこむなよ」

瀬川くんは、わたしが落ちこんでいるとカンちがいしているみたい。

「じゃあ、そんな浅井に……はい」

「……？」

すると、頭の上になにかが置かれた。わたしはおそるおそる、手をやる。

「……オレンジジュース？」

「朝練の差し入れで配られたから、元気のない浅井にあげる」

「いや……いいよ。せ……瀬川くんのだし……」

「俺はいいよ。どうせ飲まないからさ」

もらって？と微笑む瀬川くんになにも言えなくなり、とまどいながらうなずいた。

瀬川くんの、オレンジジュース。差し入れでもらった物でも、うれしいよ。

「じゃ、俺行くな。傘、朝早くから、わざわざありがとうな！」

「あ……うん。あ……あの……っ！」

わたしは、瀬川くんを呼び止めた。

「ん？」と振り返る瀬川くんに……キュンとしてしまう。

「よ……よかったら……これ……」

「ん？　これって……風邪薬？」

「……せ……瀬川くん、のどが痛そうだから……」

きっと、わたしのせいなんだ。わたしが傘を借りちゃったから、瀬川くんは風邪引いちゃったんだ。

「昨日傘借りたから、風邪引かせちゃっ……」

「浅井、これ、風邪じゃないよ？　部活で声を出しすぎただけ。今までにも、何回もあったし」

「そ、そんなわけ……」

「ホント。昨日の雨で風邪引くなんて、免疫力なさすぎだろ？　浅井、心配しすぎ」

眉を下げながら、あきれたように笑う瀬川くん。

「ま、とりあえず、これはもらっとくよ」

「へっ？」

「健真が風邪気味らしいから」

ひょいっと、わたしの手の中にあった風邪薬が、一瞬にして取られてしまった。

「じゃ、今日もよろしく！」

駆けていった瀬川くん。

「……瀬川くんのウソつき」

たっちーは、いつもどおりだったよ。いつもどおりじゃなかったのは、瀬川くんのほう。

でも、ありがとう。そういう優しさが好きなんだよ。

カバンにそっと、瀬川くんにもらったオレンジジュースを入れて、わたしは教室に向かった。

席替えのあとの胸騒ぎ

ドキドキの梅雨の時期も終わり、進路の話題が出はじめた、七月後半のある日。

「はい、授業始めるよ！」

担任の須田ちゃんが、大きな声を出す。にぎやかだったクラスは、少しだけ静かになった。

「……って思ってたけど中断して、気分転換に席替えでもすっかぁ！」

「マジで⁉　須田ちゃん神ーっ」

「須田ちゃん、ホレるー！」

とたんに、そんな声が上がる。

「じゃ、くじ作ってきたから、出席番号のうしろから順番に引きにこいよ！」

三年生になってから、一度も席替えをしていなかった、わたしたち。当然、わたしの前は、ずっと一馬くんだった。

「やっと席替えだな」

うしろを振り返って、笑いながら言う一馬くん。

「また近くなったらウケるな」

「うん。こっち向いて『浅井』って呼ばれたら、同時に返事しちゃうよねっ」

「現に遥、まちがえたもんな」

「う……うるさいっ。もう、そのことは忘れてよねっ」

「遥ー、わたし、うしろだよ」

麻衣が、いつにもなくスキップをしながら、わたしの元へやってきた。

「朱希ー、俺、うしろだったぞー！」

すると、どこからか、たっちーの叫び声も。

……なるほど。麻衣がスキップする理由が、わかっちゃったよ。わたしは、麻衣に微笑んだ。

「次、遥じゃね？」

一馬くんに言われ、席から立ちあがった瞬間。

ぐいっ。一馬くんに腕を引かれた。

「俺、遥の隣、狙(ねら)ってっから」

いつもより、ちょっと低めに話す一馬くんの声に、ドキッとしてしまう。

「んなな、なに……言って……」

「ウッソ。早く引けよ」

う……ウソだなんて。一瞬、ドキッとしちゃったわたしがバカだった！

『三十二』

「うわ、俺たち隣じゃん」

くじを引き終えた一馬くんが、わたしの番号札をのぞきこんで、言ってきた。

「ウ、ウソぉ……」

ポカンとするわたしに、「机とイス移動するぞ」と一馬くん。

最近、一馬くんにドキッとしちゃうときがあるんだよね。

わたしは、瀬川くんが好きなはずなのに……って、瀬川くんは⁉　瀬川くんの席は、いったい……⁉

「おぉ浅井！　席どこになった？」

すると、タイミングよく、瀬川くんから声を掛けられた。

「あ……あわ……あっちのせ……三十二の席……」

「んで、その隣が俺」

「マジで？　またふたり近いのかよ！　浅井、今度はまちがえんなよー」

ケラケラ笑う瀬川くん。バカにされちゃったけど、なんだかうれしいな。

「永納は、健真と隣だよな？」

「そうなの。あのうるさい動物の隣だから、授業に集中できるか不安」

いやいや、麻衣さん。あなた、言葉とは裏腹に、顔……ニヤニヤしていますけど？

「で、朱希はどこ？」

一馬くんが聞くと、瀬川くんは、ふふっと笑ってわたしの机をコツンとした。

「ここ。浅井が座ってた席だよ」

わたしの席……なの？

「浅井、ここどう？　先生から当てられやすい席だった？」

「い……いや。そんなには……」

「っしゃ！　じゃあ、授業中に寝ても大丈夫だな」

ガッツポーズをする瀬川くんが、ちょっぴりかわいい。

「ほら、早く席移動しなよー！」

にぎわうクラスメートを相手に、須田ちゃんが叫ぶ。わたしたちは、あわてて席を移動した。

元のわたしの席に座っている瀬川くんを見てみると、隣の席の子と話している。

あ……あの子は……バレンタインに瀬川くんにチョコを渡しに来た、橋本さんだ。

あの、小柄でかわいらしい、橋本さんが隣なんだ。

「……い。おい遥、聞いてるか？」

「へ⁉」

そのとき、一馬くんの声に気づき、わたしは我に返る。

「聞いてんのかって言ってんの」

「あ、ご……ごめん。ちょっと考えごとしてて……」

「どうせ朱希のことだろ？」

その言葉に、わたしは大きく両目を見開いた。一馬くんは、少しだけ口もとをゆるめる。

「……な……なんで……」

「見てればわかる。もしかして、気づかれてないとでも思ってたのか？」

ウソぉ……。

一馬くんに、わたしが瀬川くんが好きなこと、バレちゃってたの⁉

「せ……瀬川くんには……気づかれてるかな？」

「朱希は、気づいてないんじゃね？　鈍感（どんかん）だし」

「よ、よかったぁ……」

一馬くんの言葉に、ホッとした。

「だけど、遥は、アタックしないで見つめてるだけだよな？」

「そ……それは、せ……瀬川くんに、迷惑かけたくなくて」

「そんなんじゃ、気持ち、伝わんねーぞ？」

「い……いいのっ」

べつに……いいの。……いや、よくはないんだけど。

瀬川くんにわたしの気持ちがバレちゃったら、わたしは確実に……避けられちゃうと思う。

まだ好きとか思ってんのかよ、とか、未練がましい、とか。

そんなのは、いや。それより、今のままの関係のほうがいいもん。

「浅井一馬、お前ちょっと来い。あとは自習な」

自習という須田ちゃんの言葉に、みんなが盛りあがる中、名前を呼ばれて気だるそうに席を立つ一馬くん。だけど、歩きだす前に……。

「あとで恋バナ聞かせてな」

素早くわたしの耳もとで、つぶやいた。

その瞬間、気が抜けた。

な……なんなの、今のは!!　また……また瀬川くん以外の人に、ドキッとしちゃったよ。

な……なんで……こんなにたくさん、わたしをドキドキさせるのよ。か……一馬くんのアホ！

あわてて、赤くなってそうな顔を気づかれないかと、周りを見回しながら、パタパタと手で風を送る。すると、麻衣と目が合った。

麻衣がニヤニヤしながら、手でわたしにハートマークを作ってくる。

か……一馬くんとわたしが、ハートってこと⁉

わたしは、思いっきり首を横に振った。

すると、今度は瀬川くんと目が合った。

瀬川くんも、麻衣と同じようにハートマークを作って、頭に〝？〟を浮かべるように首をかしげている。

わたしは再び、ちぎれちゃいそうなくらい、首を横に振った。

な、なんで、瀬川くんにまでぇ⁉

絶対、誤解されちゃったよぉ。いや、やめてよぉ。一馬くんなんか……。

「ただいまー」

今度は、頭の上から、あの声が聞こえてきた。

「なんか、進路の話だった」

「へー……」

あなたのせいで、わたしはショックな出来事があったんですよ！ ……なんて、言えないけど。

「で？」

一馬くんは、小声で突然切りだす。

「ん？　……なに？」

「さっき、言っただろ？　遥の恋バナ聞かせてなって」

そ……そういえば、そうだったかな？　瀬川くんに誤解されたことしか、頭になかったよぉ。

「で、気持ち伝えなくて、何年片想いしてんの？」

「な、なんでそんなに、片想いが長いこと、わかるの？」

「遥って、恋の切り替え遅そうだから。……で、どんくらいなの？」

「……さ、三年目……」

「三年⁉」

一馬くんの大きな声に、前の席の子がチラッとわたしたちをにらんだ。わたしは小さく謝る。

「は……遥、ウソだろ？」

「いや……超本当なんだよね」

ありえない、という目でわたしを見る一馬くん。そんな顔しなくても……。

「遥、ある意味尊敬するよ」

「あ……ありがとう？」

「まぁ、それに気づかない朱希もすごいな」

「うん……でもそれでいいんだ。また同じことになるのは……」

「ちょっと待って。〝また〟ってなに？」

しまった。つい、口がすべってしまった。

「それ、どういうこと？　なにかあったのか？」

「……その……」

『瀬川くんと付き合ってた』

……これって、言っていいのかな？

「おい、カズー！」

タイミングよく、瀬川くんが一馬くんを呼んだ。

「どうした、朱希？」

「あのさ、この問題がわかんねーんだけど、聞いていいか？　橋本に聞いたけど、わからないらしくて」

橋本さんを見ると、クリクリした目でこちらを見ている。

「じゃあさ……」

と、一馬くんが口を開いた。

「俺じゃなくて、遥に聞いてみたら？」

「え？」

「たしか今、その問題を遥が解いてたからさ。なぁ、遥」

ニヤッとして、わたしを見る一馬くん。な、な、なに言ってんの!?

「じゃ、俺、朱希の席に座ってるから、ここ座れよ」

「お、おう」

ちょっととまどいながら一馬くんの席に座る瀬川くん。ほら……やっぱり迷惑じゃん。なんでこんなことすんのよ、と一馬くんをにらむ。

「……なんか……ごめんな」

「え？」

「カズとの会話……邪魔して」

「じゃ……邪魔なんかじゃないから！　む、むしろ助かったというか……」

いきなり謝られて、びっくりした。

「あ、やっぱり、なにかあった？」

「え？」

「浅井が……ちょっと困っているように見えたから」

瀬川くんとのことを聞かれていたとき、困っていたのを……気づいてくれたんだ。

「せ……瀬川くん、ありがとう」

涙が出そうなくらいのうれしい気持ちとはずかしい気持ちが交差する中、精いっぱいの言葉を伝えた。

「いや、俺、なにもしてないよ？」

「ううん。……とにかく……ありがとうね」

不思議そうに首をかしげる瀬川くんに、もう一度お礼を言ってから、問題を解きはじめる。

「なぁ、浅井」

少しの沈黙を破ったのは、瀬川くんだった。

「浅井って、スポーツ好き？」

「へ？……あ、うん」

「バレーに興味あったりする？」

「う……うん」

控えめに答えたのは、実はバレーにじゃなくて〝瀬川くん〟に興味があるから。

中学のときから瀬川くんはバレー部で、少しでも瀬川くんのことを知りたくて、バレーのことをかなり調べたんだよね。

「……よかったら俺たちの試合、見に来ない？」

「し……試合？」

「うん。三年にとっての引退試合なんだけど……どう？」

ウソ……ウソぉ？

まさかの、瀬川くんから誘われちゃったよ。

「健真や永納や、カズとかと来てよ！　あ……イヤだったら、べつにいいよ？　無理しないでね」

「ううんっ。だ……大丈夫だと……」

「マジ？　よっしゃー、みんなからたくさんの声援がもらえるぞ！」

子供のように笑う瀬川くんが、かわいく見えた。……うん、わたしひとりじゃないし、みんなで見にいこう。

「今週の日曜日、第一体育館であるから……よろしくなっ」

「あ、うんっ。が……がんば……」

──キーンコーンカーンコーン。

わたしの言葉は、授業終了のチャイムに邪魔された。

「じゃ、勉強教えてくれて、ありがとうな！　あと、日曜日はよろしく」

「ううん、こちらこそ」

瀬川くんのバレー姿が見れる。すっごく楽しみ。

「こーら、なにニヤけてんのよ、遥」

麻衣が、わたしのほっぺたをつねった。

「せ、瀬川くんが……日曜日、みんなで試合見にきてだって」

「あら、瀬川くん本人からお誘い？　やったじゃない」

「いや……勝つためには、たくさんの声援が必要だから、みんなを誘ったんじゃない？」

「……遥、マジメに考えすぎ」

そのあと、たっちーと一馬くんも誘い、みんなで応援に行くことが決定した。

日曜日、わたしたちは第一運動体育館に来ていた。

入り口から、中をきょろきょろ見まわす。

「あっ、あれ、うちの高校じゃない？」

麻衣が見ているほうには、同じ高校の男子バレー部が揃っていた。先頭には、ユニフォームを着た瀬川くんがいる。

「ちゃんと整列しろよー！」

うしろに並んでいる部員に、声をかけている。そのあと、後輩らしき子に、ちょっかいを出す姿も見えた。

「遥の彼氏候補、しっかりしてるじゃん」

「ち……ちがっ……」

わたしの耳もとで、ボソッとつぶやいた麻衣。わたしはまっ赤になって、否定した。

「遥、そんなんじゃ、朱希に気持ちバレるぞ？」

「う、ウソ⁉」

「あら？　浅井くんも、遥の気持ちに気づいてたの？」

「普通にな。てゆーか、こんな遥を見て、気づかないヤツがすごいよ」

あははー。まぁ、そうなんだけどね。

「おーい、中に行こうぜ！」

たっちーが待ちきれない！といった様子で、ぴょんぴょん跳ねる。わたしたち一行は、体育館の中へ向かった。

「みんな来てくれたんだな！」

すると、ちょうど受付を済ませた瀬川くんと、ばったり会った。……ドキドキしちゃうな。

そんなわたしをよそに、麻衣が声をかけた。

「瀬川くん、ユニフォーム似合ってるね」

「そ、そうかな？　でも、ズボンが短いんだよなー」

はずかしそうに頭をかく瀬川くんを、まじまじと見る。ホント、かっこいい……。

「……浅井？　どうかしたか？」

瀬川くんが、不思議そうにわたしを見る。ひぃ……瀬川くんに見とれていただなんて言えないやっ。

「朱希ぃ〜、あそこのチーム、みんな身長デカくねぇ!?」

たっちーが別の話題で騒ぎはじめ、わたしは助かった。

「そうなんだよ、かなりの強豪校でさ。……ちなみに、なんと俺たちが初戦で戦う相手なわけ」

「ひょえー、マジで!?　朱希たち、大丈夫かよーっ」

「不安がないわけじゃないけど、負けてらんねー！　キャプテンが試合の前から弱音吐くなんて、情けないし！」

「その意志があれば、大丈夫だろ。がんばれよ！」

「そうね。応援してるよ」

「俺も！　みんなに負けないくらい、でっけぇ声でエール送るからなっ」

一馬くんに麻衣、たっちーが瀬川くんに声をかけていく。わ……わたしも言わなきゃ……。

「せ……瀬川くん」

「ん？」

「レシーブ、がんばれっ」

「……俺、ライトのアタッカーなんだけどな」

ミ、ミスったぁ!!

とってもはずかしくなってうつむくと、頭に重さを感じた。見あげると、瀬川くんの手が。

「……でも、応援ありがとう。俺、がんばるからな」

そう言って去っていくユニフォーム姿の瀬川くんに、わたしはまた、思わず見とれてしまう。

「おい、行くぞ」

一馬くんに小突かれ、我に返る。麻衣とたっちーは先に歩いていて、あわててわたしも駆けだした。

中学時代は、部活をしている瀬川くんをちょこっと盗み見するのが、わたしの日課だったっけ?

だから今、こうやって堂々と瀬川くんのバレー姿を見れて、うれしいんだ。

仲間と一緒にパス練をする瀬川くん。瀬川くんの手から離れたボールが、リズムよく跳ねる。

うわぁ……なんだか、ボールが生きてるみたい。瀬川くん、すご……。

「お前、見すぎだろ」

一馬くんが、ボソッとつぶやいた。わたしがハッとすると、怪(あや)しい笑みを浮かべている。

「……朱希にベタボレだな」

「だ、だって、かっこいいもん」

「気持ち、伝えればいいのに」

「い、言えるわけないよっ」

「遥ったら、意気地なしだなー」

悪かったですね、意気地なしで。キッと、一馬くんをにらむ。一馬くんは、おもしろそうに笑った。

それからまもなくして、試合が始まった。

「キャー！　朱希くん、いけー！」

「大和(やまと)くん、ファイト！」

「神島(かみしま)くーんっ」

周りから、いろんな声が飛び交う。

「うひょー！　みんな、人気だな」

たっちーが、首を伸ばして見物していた。

同じ学校の生徒が、一生懸命応援している。その中には、あの橋本さんもいた。

瀬川くんに誘われたのかな？　そう思っていると……。

「キャー‼　朱希くーん、その調子ーっ！」

この声は、橋本さん……？

瀬川くんが、素早いスパイクを決めた。仲間とハイタッチをして、喜んでいる。

「負けてないね、瀬川くんたち」

「この調子で、どんどん点数入れちゃえー‼」

麻衣とたっちーにまぎれて、瀬川くんを見つめながら、がんばれ、と小さな声で応援する。

それが伝わったのか……瀬川くんがこっちを見た。

わわわっ。顔が一気に熱くなった。せ……瀬川くんが、み……見てる⁉

強気な笑みを浮かべて、こっちにガッツポーズをした瀬川くん。
ド、ドキッ……。
「おー！　朱希が俺たちの声援に気づいて、返事したぞー！」

わたしの胸が高鳴ったと同時に、たっちーが叫んだ。

あ……そうだよね。わたしの小さな声に気づいたんじゃなくて、みんなの声援に、応えただけなんだよね。

わたしったら、カンちがいしちゃって……はずかしい。

「……はーるかっ。瀬川くんね、ちゃんと遥を見てたよ」

がっかりしながらうつむくと、麻衣がクスクス笑いながら、話しかけてきた。わたしは目を丸くする。

「そ、そんなわけないよっ。わたし、声、すごく小さかったし……瀬川くんとは、距離が……」

「きっと、通じたんだろうね」

麻衣のおだやかな笑みに、わたしは反論できなかった。

だって、そうだといいなって思ってたから。

瀬川くんの応援に来たのに……わたしったら、ただひとりでドキドキしてる場合じゃないよぉ。

「よしっ」

気合いを入れて、ペチッと顔をたたいて、瀬川くんの試合に見入る。

瀬川くんのボールを打つ音がすさまじくて、わたしは驚いた。瀬川くんのカバーが点数につながったときは、周りと同時に飛び跳ねた。

瀬川くんが汗を拭いながら笑うと、わたしはまっ赤になりながら、思わず笑みをこぼした。

『ゲームセット！』

試合開始から約二時間後、審判が手を上げた。とたんに、こっちの観客席から歓声が湧く。

「やったぁー！　勝ったぞ！　強豪校を倒したぞーっ！」

「やったな、朱希ー！」

チームのみんなにまぎれ、照れくさそうに汗を拭いながら、周りの歓声に応える瀬川くん。

か……かわいい……瀬川くんかわいいよ。

「遥……顔、顔！」

「へ？」

「ヨダレ垂れてるって」

一馬くんが、苦笑しながらわたしを見る。ヨ……ヨダレ⁉　あわてて口を拭った。

「バーカ。ウソだっつーの」

「う、ウソ⁉　んな……っ」

「そんなことより、いいのかよ。ほら、朱希が女子に囲まれてるぞ」

入口を顎で示す一馬くんの視線を追うと、入り口付近で、瀬川くんが……女の子たちと話している。

「瀬川くん、アイドルみたいにモテるんだね」

「ま……麻衣ぃー」

「ったく、遥も話しかけてくればいいのに。お疲れー、とかさ」

「むむ……無理っ。試合を観戦できただけで、うれしすぎて、胸がいっぱいだもん」

「それでいいのか、お前は」

「一馬くんには関係ないっ。……もー、わたし、次の試合までに、飲み物買ってくるっ」

その場から逃れたくて、飲み物を口実にしたわたし。背後から、みんながわたしに飲み物をオーダーする声が響いてきたのは、言うまでもない。

「えーっと、ウーロン茶にメロンソーダに……」

体育館の入り口に来てブツブツつぶやきながら、自販機のボタンを押す。

「よし、あとは、わたしの分のオレンジジュースを買……」

「あの……浅井さん？」

名前を呼ばれ、うなずきながら振り返ると、見覚えのある顔があった。……橋本さんだ。

「わたし、橋本楓。知ってたらうれしいんだけど……」

「し、知ってます！　同じクラスだし……」

「そっかぁ。よかった！」

橋本さんは、隣の自販機にお金を入れて、カラフルな飲み物たちに目を動かす。わたしはその様子を、チラチラと横目で見る。

「あのね、浅井さん」

「は……はい？」

「わたしたち、ライバルだよね」

橋本さんは、サラッと言った。

「え……ラ、ライバル？」

わたしはまばたきをして、橋本さんをまじまじと見る。

「そ、ライバル。だって、おたがい……朱希くんが好きだよね？」

「いい……いや、あの……ちが……」

「ウソつかなくていいよっ」

ニコッと笑う橋本さんを見ると、イヤミで言っているようには見えなくて……わたしも素直になった。

「実は、瀬川くんのこと……」

つい、本音がぽろっと出てしまいそうになる。

「やっぱりかー。浅井さん、わかりやすいもん」

「えっ！　ウソ……」

「まぁ、気づいたのは、最近なんだけどね」

まさか、気づかれていたなんて……はずかしい。

「だけど……よろしくねっ。ライバルだからって、そんなに敵視したくないもん」

「へ？　あ……あの橋本さ……」

「楓でいいよっ。わたしは、遥ちゃんって呼ぶから！」

ライバルなはずなのに、彼女はニコニコしていて、まるで友達と約束でも交わしたかのような気持ちになった。

「……ねぇ、遥ちゃん」

「う、うん？」

「遥ちゃんは、今日……試合に来てって、朱希くんに誘われたの？」

頬を赤らめながら聞く楓ちゃんは、いつも以上にかわいく見える。

「あ……うん。他の友達と一緒に来てよって言われたよ」

「そうなんだ。実は、わたしもなんだよねっ」

眉毛を下げて笑う楓ちゃんを目の前にしながら、わたしは手にしているジュースを見つめた。

……やっぱり、わたしだけじゃなかったんだ。

楓ちゃんも、誘われたんじゃん。自分だけ誘われた……とか、ちょっと期待しちゃった。

「そろそろ戻ろっかっ」

楓ちゃんが時計を見て笑う。

「遥ちゃん、わたし負けないからねっ」

すれちがうときに、そう言われた。

振り返ると、凛とした楓ちゃんの背中が見えて、うらやましかった。

……ライバル。

まさか、恋のライバルと仲よくなるなんて……。楓ちゃんは、どんな気持ちなんだろう。

わたしなんかがライバルで、ホッとしたかな？　……うん、きっと、そうだよね。

「おっせーよ、遥」

みんなの元に戻ると、一馬くんが待ちくたびれたように叫んだ。わたしはいそいそと、飲み物を配る。

それからの試合は、覚えていない。

楓ちゃんのことが頭から離れなくて、瀬川くんの気持ちも気になって。

「やったね、瀬川くんたち！」

「なー！　まっさか、決勝まで残っちゃうなんて！　俺、超感動ーっ」

「最後は負けたけどな」

「ちょ……一馬くんっ！　決勝まで行ったんだよっ」

麻衣とたっちーの言葉をさえぎった一馬くんにわたしが反発すると、一馬くんはへいへいと首を動かす。

わたしは、全試合が終わったあと、瀬川くんたちが準優勝したことを知った。

「さて、帰ろっか。けっこう時間も遅いし」

「えぇー朱希に会いてーよ！　まだ残ろうぜー」

駄々をこねるたっちーを、じろりとにらむ麻衣。

「遥も会いたいだろ？」

「あ……わたしはいい。また、教室で会うし……」

とか言いつつ、内心は……。

でも、瀬川くんも疲れているだろうし……まだ忙しいみたいだし……。

「おーい！」

だけどそのとき、瀬川くんの声が聞こえ、わたしたちは振り返った。

「みんな、今日はわざわざ来てくれて、ありがとうな！」

「朱希ぃーお前、超かっけーな！　俺、ホレちゃったよっ」

「な、なに言ってんだよ、健真っ」

たっちーのハグを受け、イヤがりながらも、照れ笑いをする瀬川くん。わたしと麻衣は、顔を見合わせて笑った。

「……せ……瀬川くん、お疲れさまです」

わたしも、勇気を出して言ってみたけど、顔は見れなかった。体育館の床に、言葉をぶつける。

「ありがとうっ」

だけど、瀬川くんは、試合の疲れなんて見せないくらい、わたしに明るい声をかけてくれた。

そこがいいの。

……好き、好きなの。

「浅……」

「朱希くーん！」

瀬川くんがなにか言いかけた気がしたけど、タイミングよく、うしろから誰かの声が響く。

「おぉ、橋本っ」

「試合、お疲れさまっ。バスケ部みんなで応援に来ちゃった！」

自然に話せる楓ちゃんがうらやましくて、自分が小さく思えて……わたしは、背を向けた。

「よし、帰るか。じゃーな、朱希」

一馬くんが片手を上げて、瀬川くんに言う。続いて、麻衣とたっちーも。

「じ……じゃあね、瀬川くんっ」

わたしもそそくさと、瀬川くんの前を通りすぎた。

「また学校でな！」

ドキドキしすぎて姿は見れなかったけど、その言葉がうれしかった。

だけど、やっぱり、楓ちゃんのことが気になる。

瀬川くんに、楓ちゃんみたいにうまく話しかけられないのが、ホント切ない……。

「……で、なんでわたしは一馬くんとなの？」

「仕方ねーじゃん。同じ方向だから」

帰りの道で、長く伸びるふたつの影を見つめた。体育館を出たあと、たっちーと麻衣と別れ、わたしは今、一馬くんといる。家が同じ方向だから、ね。

「……大丈夫か、遥？」

「……」

「シカトですかー？」

「一馬くん、もし一馬くんに恋のライバルができたら、どうする？」

「いきなり、なに言ってんだよ。誰かに、宣戦布告でもされたか？」

……図星。はい、されましたとも。

「なに？　遠慮でもしてんの？」

「そんなんじゃないけど……」

「じゃあ、正々堂々と勝負すればいいじゃん。自分も朱希が好きってさ」

正々堂々……か。

でも、消極的なわたしに、そんな度胸は……。

「ずっと朱希のこと、追っかけてんだろ？　だったら、それくらいの根性あるだろ？」

「う……うん」

「そりゃあ朱希はモテるから、ライバルもたくさんいるだろうな。だから、勇気だしてアタックしろよ」

「……うん」

弱々しくうなずくわたしの頭をたたいて、「がんばれよ、バカ」とつぶやいた一馬くん。

「バカは余計だよ」

わたしは、すかさずツッコんだけど……なんだか、心が落ちついてきた。一馬くんのおかげかな？

「一馬くん、ありがとう」

「遥からお礼とか……明日、雪でも降るのか？」

「感謝の気持ちくらい、素直に受け止めてよねっ」

一馬くんとこうやって帰るの、久しぶりだなぁ。あの雨の日は……なんだかドキドキしちゃったけど。

「ねぇ、一馬くんは、好きな人いないの？」

「女子って、そういう話好きだよな」

「女の子には、大切な話だもんね。で、好きな人いるの？」

「いたら、名前まで聞くんだろ？」

わたしは、もちろん、と言わんばかりに、指でオッケーサインを作る。

「好きなヤツは……遥」

「遥ちゃんか……って、えっ？」

遥……ってわたし？　え……ウソ。一馬くんの好きな人って、わたし……？

「……とでも、言ってほしいのか？」

クスクス笑いながら、わたしを見る一馬くん。

こ、こんのヤロー、冗談じゃんっ。ドキッとして、損した。

「残念ながら、遥じゃねーよ」

「わ、わかってますよっ」

「……好きなヤツ、中学のときに同じ塾だったヤツ」

さりげなく、自分の恋バナを語りはじめた一馬くん。って、中学⁉

「それって、現在進行形の恋？」

「わ……悪いかよ」

ウッソー⁉

「わたしの片想いのことをバカにしたくせに、自分だって長い片想いじゃーん」

「……なんのことだか」

知らない、とでもいうように、首をかしげる誰かさん。ふ……ふざけないでよね。

「その人は、一馬くんのこと知ってるの？」

「さぁ、どーだろ。ひと言ふた言しか、話したことはないから。すれちがっても気づかない感じだったし」

「じゃあ、一馬くんの一方通行の恋だったんだね」

「……サラッと傷つくこと言うな」

「ね、告白はしたのっ？」

「できるわけねーじゃん。……この俺が」

「……たしかに」

「納得するな」と、軽いゲンコツを食らわせてくる一馬くん。

「でも……地味に必死だったな。好きなヤツの視界に自分が入れるように、模試で上位に入るために勉強したり……とか」

だから今、こーんなに頭がいいのかな？

「だから遥も、見てるだけじゃなくて努力しろよな」

「う……うん」

「簡単に橋本に取られたら、くやしいだろ？」

「な……なんでライバルが楓ちゃんだって、知ってるの⁉」

「トイレに行く途中、たまたまふたりの話を聞いただけ」

たまたまって……一馬くん、タイミングよすぎでしょ。

「まぁ、橋本に勝てるように、がんばって」

「一馬くんも、好きな人に気持ちを伝えられるように、がんばってっ」

一馬くんとそんな話をしながら歩いた。

楓ちゃんがライバルか……。

オレンジ色に染まった空を見あげながら、心の中でつぶやいた。

動きだす心たち

「浅井、おはよう！」

翌日の教室。

今日はラッキーな日になるのかな？　朝から瀬川くんに、あいさつされてしまった。

「お……おは……おはようっ」

「昨日は、ありがとうな！　せっかくの休みだったのに。つまんなくなかったか？」

「ぜ……全然っ。誘ってもらえて、よかったよ」

「そっか！　俺もたくさん観客がいてくれて、よかったよ」

『わたしも誘われたんだーっ』

昨日の楓ちゃんの言葉を思い出した。

「浅井も、健真みたいに大きな声を出してくれたらよかったのに！」

瀬川くんは、明るく笑ってそう言う。

ダメだダメだぁ……。瀬川くんのこんな笑顔見たら、わたしの心臓がもたないよぉ。

まず、はずかしすぎて、瀬川くんの顔すら見れないし。

わたしが、うつむきかけていると……。

「……浅井？　なんだか沈んだ表情してるし、やっぱり試合見にくるの……イヤだったか？」

「そそそ、そんなことないっ。ありがたいっ。ベリーサンキュー！」

「……べ、ベリーサンキュー？　ふははっ、やっぱりそういうおもしろいとこ、変わってないなっ」

中学のときは、瀬川くんとあまり会話をしなかったはずだけど……なんでそう思うんだろう？

「あ……ほら！　ク、クラスのヤツが言ってたんだよっ。浅井は、反応がおもしろいってな」

頭をかきながら言う瀬川くんが、おかしかった。

「笑うなよー、浅井」

「ご……ごめんごめんっ。なんだかおかしくって……」

「……っ、このヤローっ」

そう言った瀬川くんが、わたしの頭をコツンと小突く。

わたしの頬は、一気にまっ赤っか。頬から体全体へも熱が伝わっていく。

「急に大人しくなって……変な浅井っ」

大人しくなっちゃうに決まってるじゃん。瀬川くんは気づいてないけど、わたしの鼓動は、超ドキドキしてるんだよ。

「せ……瀬川くんのせいだよ」

「……へ？　俺？」

はっ!!　今わたし、口に出してた？　ひぃっ。

「ごご、ごめんなさいっ。今のは……」

「ごめんな、浅井。そんなに頭を小突いたのが、痛かったなんて……」

……へ？　それ、カンちがいだよ、瀬川くんっ。ちがうんだってー！

「ふたりとも、おはよー」

すると、タイミングよく、麻衣が登校してきたので、わたしは麻衣に飛びついた。

「永納、おはよう」

「うん、瀬川くんおはよ。……てか、遥ったら、どうしたの？　飛びついてきて怖いんだけど」

わたしは、すがるような目つきで麻衣を見た。

「あ。わたし先生に呼ばれてるんだった。遥、アンタも来てよ」

じゃーまたね、と瀬川くんに伝えて、わたしを引きずりながら教室を出た麻衣。

「……ありがとーね、麻衣」

「アンタのあんな顔っていったら、瀬川くん関係でしかないでしょ」

「あは、ははは……」

そして、生徒がちらほらいる中庭に着くと、わたしはひとつ深呼吸をして、昨日の楓ちゃんのことを話した。

「ふーん。いつか、そんな日が来るとは思ってたけど……」

「麻衣、気づいてたの？」

「なんとなーく、ね。しかも……」

「しかも？」

「あの子、けっこう瀬川くんと仲いいよ。瀬川くんは、自覚なしだと思うけど」

楓ちゃんはバスケ部で、瀬川くんはバレー部。そりゃ、同じ体育館の部活だし、仲よくもなっちゃうよね。

「それに、アンタは嫌いになれないタイプ……でしょ？」

麻衣は、やっぱりわたしの心の中をわかっていた。そう、わたしは楓ちゃんみたいな子は……嫌いになれない。

ライバル宣言して、敵視してイジメ……とか、そういうパターンなら、嫌いになっていたはず。

だけど、素直に優しく接してくれたから……ライバルだけど……嫌いになれない。

「厄介なのがライバルになっちゃったねー、遥」

わたしは、小さくため息をついた。


「で、どうすんだ？　浅井」

その日の昼休み、わたしは須田ちゃんの元へ足を運び、職員室にいた。

「進路、もう決定しなきゃな」

わたしは小さくうなずく。

「浅井の夢は……」

「……よ、養護教諭になることです」

そう、わたしは、保健室の先生になりたいのだ。

「だったよな？　で、学校はどうするか？　……まだ、決めてなかったりする？」

わたしは、返事の代わりにうつむいてしまう。すると、須田ちゃんがふっと笑った。

「ったく、悩みすぎだぞ、浅井。しっかり意志を持てよ！」

「は……はい」

「ちなみに、K大ってのはどうだ？　あそこなら、浅井の学力で、推薦で行けるんじゃないか？」

「K大……ですか」

K大は県外にある大学で、実は行きたい大学のうちのひとつ。実際、その大学を出て、養護教諭になった先輩もいる。

だけど、県外に出るのを、迷っている自分がいる。

親もとを離れていいものか、と。それに、レベルも少し高めだし、自分に合っているのか不安になる。

「これ、K大の資料と、他に養護教諭へ近づける学校の資料だ。一応調べてみたんだけど……また、なにかあったら早めに相談しな!」

須田ちゃんに一礼して、職員室をあとにする。

「失礼しました」

ろう下の棚(たな)に置いていたお弁当と、須田ちゃんからもらった資料を抱えて、わたしはある場所に向かった。

到着したのは、進路室。

ここでは、飲食は禁止。だけど、どうせ誰もいないし、あまり人もこないし。

そう思っていたのに、ドアを開けると、そこには先客がいた。

それも、まさかの……瀬川くんが。

「あれ、浅井?　浅井もここに用事だったの?」

「あ……う、うん」

「俺も。今朝、須田ちゃんに言われちゃってな」

さりげなく髪を触る瀬川くんに当たる太陽の光が、いい感じに輝いていた。

「ここ座りなよ」

瀬川くんの隣の席を指され、わたしはドキドキする心臓を押えながら、おずおずと近づく。

そして、やはり緊張で隣に座れず、さりげなくひとつ席を空けて座った。

「……き、緊張しちゃうので、ひとつ……空けるね」

瀬川くんのことは嫌いなわけじゃないんだよ、ということを伝えるために言う。すると……。

「ふはははっ。毎回毎回、そんなに気ぃ遣うなよー」

大丈夫だって、と、笑いながら近くにあった資料に目を通す瀬川くん。そんな、さりげなく緊張をといてくれる優しさがうれしい。

そうだ！　お弁当、食べようと思ってたんだった。瀬川くん、迷惑かな？

「せ、瀬川くん……あの実は……」

──グルルルルル。

……もぉ、超タイミング悪いよ、わたしのお腹ぁ！

「浅井……俺、爆笑しそうなんだけどいい？」

そう言った瀬川くんは、わたしの返事も聞かずに、大笑いしだした。

「せ……瀬川く……」

「わ、悪い悪いっ。あまりにも、おもしろくって……で、なに言いかけてたっけ？」

「……お、お腹が空いてるから、ここでご飯食べてもいいかな……と」

「べつにいいよ。俺しかいないし、誰にもチクんないし」

わたしは深々と頭を下げ、いそいそとお弁当を出した。

「じゃ、俺も一緒に食っていい？」

「へっ？」

横を見ると、片手で自分のお弁当を揺らす瀬川くん。わたしはどうぞ、と小声で言った。

……考えていることは、同じだったみたい。

チラッと瀬川くんのお弁当を見てみると、わたしの物よりも大きくて、男の子なんだなって思った。

「どうしたの、浅井？　俺の弁当まで食べたいの？」

「ち……ちがうっ。ちがうからっ」

わたしは全否定をして、自分のお弁当を食べる。だけど、瀬川くんが隣にいることに胸がいっぱいで、なかなかのどを通らない。

「……そういえばさ」

「んふ？」

「浅井とご飯食べんの、初めてだな」

「……え、う……うん」

　どう答えたらいいのかわからず、うつむいてしまう。

「いや、初めてじゃないか。ほら……あれだよ、……ラブハン！」

「あ、あぁっ。あったねー」

　すっかり忘れてた。ラブリーに、瀬川くんと麻衣とたっちーと行ったこと。

　でもたしか、ほとんど瀬川くんとふたりきりだった記憶が……。

「また、みんなで行こうな！」

　ご飯を頬張りながら笑う瀬川くんは、子供のように見えた。

　そして、お昼ご飯を済ませたあとに、それぞれ資料を見はじめた。わたしもじっくり、K大の資料とにらめっこをする。K大は設備もいいし、勉強の環境もいい。だけど……県外なんだよね。

「浅井、K大に行くの？」

　……びっくりした。すぐ横に、瀬川くんの顔があったから。

「か……考え中で……須田ちゃんには、推薦で行けるって言われたんだけど……」

「実は、俺もK大考えてたんだよ」

「そうなの？」

「まーな。けど最近、N大のほうがいいかなって思いはじめてさ。だけど、ちょーっとヤバイんだよな。頭が足りなくて……俺もできれば、推薦で行きたいし……」

瀬川くんは、部活が忙しかったにもかかわらず、しっかり進路を考えているんだ。

「せ……がわくんなら……大丈夫。べ……勉強も、がんばれば間に合うと思うし、だから、N大目指したほうがいいよ」

どんな言葉をかけていいかわからなくて、思わず自分勝手なことを言ってしまった。

な……なに言ってんの、わたし。

「ご……ごめんっ。わ、わたし、超無神経……」

「いや、そう言ってくれて、うれしいよっ。ありがとうな！　俺、N大……がんばってみるよ！」

瀬川くんは力強く言って、優しくわたしを見る。

わたしは右左に目を泳がせて、K大の資料に目をやった。

「浅井もK大、がんばってみたら？」

こっちをのぞきこみながら聞く、瀬川くん。

「だ……だけど、県外なんだよね」

「そうだなぁ。でも、この選択は、今しかできないんだよ。今、この道を選ばなかったら、浅井はきっと……後悔するんじゃない？」

今しかない……か。たしかに、そうだよね。

なんだろう。少し気持ちが落ちついたっていうか、力が抜けたっていうか。

「……せ、瀬川くん……わたし、第一志望はK大にする。親ともじっくりちゃんと話してみる」

瀬川くんが背中を押してくれたから、決心できたのかもしれない。瀬川くんからの、ひと言があったから……。

「よし！　おたがい、やっと志望校が決まったな。あとは、勉強と面接練習だなぁ」

具体的な希望進路が決まったわたしは、心が軽くなった。高校三年生はこんな思いを背負って、未来へ羽ばたいていくんだね。

「あの、瀬川くん」

「あのさ、浅井」

すると、瀬川くんと言葉がかぶってしまった。わたしはあわてて一歩譲る。

「い……いいよ。で……なに？」

「……あのさ、浅井って、健真が好きなの？」

「……たっちーを？　わたしが？」

「うん。だって、バレンタインに健真のこと呼び出してたじゃん？」

あ……そういえばあのとき、瀬川くんにたっちーを呼んでもらったんだっけ。わたしがチョコを渡したと思われたのかな？

「あ、あれは、たっちーを呼び出すことを頼まれただけで、わたしはチョコ渡してないよ」

「そうなの？」

「うん」

「……そっか。浅井、健真のことを好きじゃないんだな。……よかった」

……え？

わたしがたっちーのことを好きじゃなくて……よかった？　胸が、ドキドキと脈を打つ。

「……よ、よかった？」

わたしは、「どういう意味？」とは聞けなくて、言葉を濁した。

「うん。健真さ……永納のことが好きなんだ。だから、もし浅井が健真を好きだったら……って思って」

要するに瀬川くんは、わたしが失恋しちゃうっていうのを、心配してくれていたわけなんだ？

「だ、大丈夫だよ。ていうか、たっちーの気持ち知ってるよ？」

「そうだったんだ！　ちなみに、永納は……？」

「たっちーの気持ちには、気づいてないよ」

「はぁー、マジで？」

「だ……だけど、たっちーに対して、いい意味で、麻衣の心にだんだん変化が表れつつある……かな」

「えっ？　本当に⁉」

麻衣がたっちーを好き、とは伝えられないけど……これくらいは、いいよね？

「ふたりの今後が楽しみだなっ」

「う……うん。いつ、ふたりはくっつくのかな？」

「……って、人の恋路を楽しむ俺たちって、なんなんだよってなっ」

「あはは。ほ……本当だよねっ」

瀬川くんと、おたがいの進路の相談をして、友達の恋路を応援して、楽しく笑いあっている。

なんだか、夢みたいだよ。ウソみたいだよ。

「どうした、浅井」

だけど、もう、あの頃のように、瀬川くんの隣にいることはない。友達としては近くにいられるけど、彼女としてじゃないんだ。

「浅井？」

瀬川くんが、わたしの頭に優しく手を置いた。ダメだ、この感じ。また……また泣きそう。

優しくされたら、瀬川くんと楽しく話ができたら……なぜだかわからないけれど、涙があふれそうになる。

バサッ。

「そんな顔すんなよ」

突然、わたしの目の前が、一気にまっ暗になった。頭から、タオルをかぶせられたのだ。

「いつも浅井を困らせてばっかりだよな、俺」

「せ……瀬川く……ちがっ」

「やっぱり……中三のときに別れて、正解だった」

タオルごしに、瀬川くんの影(かげ)が見える。

なんで、そんなこと言うの？

わたしは……わたしは……すっごく後悔したのに。

すると、瀬川くんの影が動きだした。お弁当を片付ける音や、資料を閉じる音が聞こえる。

「せ……瀬川くん、あの……」

「ちゃんと涙、拭くんだぞ。永納から疑われそうだし」

「ちょ……瀬川く……」

わたしはタオルを取って、瀬川くんを見た。瀬川くんはドアの入口に立っている。

「浅井、受験勉強、がんばろうな。あと、健真と永納を応援しような！」

ドアの閉まる音が、わたしの瀬川くんへの想いを打ち切らせる非情な合図のように聞こえた。

「せ、がわくん……」

瀬川くんにとっては、わたしと別れたことは正解だった。

瀬川くんとわたしは、一緒にいるべきじゃなかった。

「……ううっ……」

わかってる。

わかってるけど、想い続けちゃうんだよ。やっぱり、瀬川くんが……好きなんだよ。

「……っく、ごめんね。本当にごめんね、瀬川くん」

誰もいない進路室で、瀬川くんのタオルに包まれながら、わたしは静かに涙をこぼした。

夏の日のにじむ夕焼け

「……は、遥」

「ん、なぁに？」

「や、やったよ」

夏休み開始まで、あと一週間となった日の朝。教室で、麻衣が顔を赤くしながら、わたしの元へやってきた。

「なにが、〝やった〟なの？」

「……彼女、になっちゃった」

一瞬にして脳裏には、たっちーの笑顔が浮かんだ。

「まままま、まさかっ‼」

「うん……たっちーの」

さっきより、さらに顔が赤くなる麻衣。

麻衣が、たっちーの彼女？　ウソ……ウソウソぉ！　超うれしいんだけどっ！

「なんで？　なんでそんな展開になっちゃってるの⁉」

「昨日の放課後、いつもみたいにふたりで勉強してて、それで、なんか言い合いになって……」

「え？　言い合い？　え⁉」

「まぁ……ケンカ？」

麻衣が苦笑する。

「だけど、なんか仲直り的な感じになったら……ね。あっちから……」

少し間を開けて、照れくさそうに視線を逸らした麻衣。その間に、なにかあったわけなんだ。

「やるね、たっちー」

「たっちー、まっ赤で笑えた」

「そんな、好きな人からの告白を笑わないのっ。それに、たっちーはかなり前から、麻衣のことを……」

「あーさーいっ」

すると、どこからか、わたしの言葉をさえぎるような声が聞こえてきた。……この声は……。

「あ、たっちー」

平静を装う麻衣だけど……顔、赤いですよ？

「おはよう－、浅井ぃ－」

「お、おはようございま－……」

「今なにか言ってたかな－？」

「な、なんのことだかさっぱり……」

「浅井が俺の話をしてた感じがしたんだけどなぁ？」
ギ、ギクリ。
「まぁまぁ、そんなに遥をいじめないでよ」

そう言った麻衣を見て、一気にまっ赤になったたっち－。本当だ、まっ赤なたっち－、おもしろいや。

「な、永納、お、おは……」

「ねぇ、噛みすぎじゃない？」

「そういうお前も、顔赤いから」

あの、おたがい様ですよ？　わたしは、ふたりのやり取りを見て、クスクス笑った。

「永納と健真、うまくいったみたいだな」

頭の上から、誰かの声が……。瀬川くんだ。

「よ……予想以上の展開の早さに、びっくりしちゃったよ」

「俺も。まぁ健真のヤツ、近々コクるとは言ってたけどな－」

「そうなの？」

あの進路室での出来事があってからも、わたしは瀬川くんと普通に接している。

あの涙のことには触れないでいてくれる瀬川くんは、本当に優しいね。

「おはよう」

自分の席につくと、一馬くんが登校してきた。

「寝グセついてるよ」

「……っせーよ」

あわてて頭を触る一馬くん。

「てか、たっちーと永納、よかったな」

「まーね！　なんだかんだ言って、両想いだったしっ」

「昨日の夜、たっちーからノロケの電話あったんだぞ。きっと、朱希にもしたんだろうけど。アイツ、相当うれしかったんだろうな」

たっちーを見ると、無言でニヤニヤしていた。

うわ……いつもはっちゃけてるたっちーが。

「ていうか、遥はいいのかよ」

「なにが？」

「熱ーい夏は、あっという間だぞ」

ニヤニヤしながら笑う一馬くんを見て、わたしはあきれてため息をついた。

「わたしたちは受験生なの。恋愛中心で夏を過ごせないっつーの」

それからも、わたしは毎日、たっちーと麻衣のことでご機嫌だった。ふたりをからかうのが楽しくて。

そして、一週間後、高校最後の夏休みを迎えた。

夏休みに入ってからしばらくして、昼に麻衣から突然電話があり、一緒に勉強をすることになり、麻衣の家に招かれた。

「あっ、たっちーから電話だ。出てもいい？」

しばらくして麻衣のスマホが鳴り、どうぞと合図する。

麻衣の返答からすると、どうやら課題でわからないところがあるとのこと。

「わたしは今、遥と勉強してて……いや、待って。わたしにいい考えがある」

ニヤリと不敵に笑う麻衣に、イヤな予感がした。

「な、なんでそんな、いきなり！」

「いいじゃない。勉強するには、大人数のほうが質問しやすいし」

「だからってぇ……」

な、ん、で、瀬川くんを誘うの⁉

麻衣のいい考え……とは、たっちーの勉強を教えるついでに瀬川くんも誘って、四人でラブリーに行って勉強をすることだった。

わたしの心は、大パニック。

それから、わたしの反論もむなしく、たっちーが瀬川くんに連絡を取り、瀬川くんからオッケーが出て、わたしたちは待ち合わせのラブリーへ向かっている。

「家で勉強したほうが、絶対進むよ」

「ぐだぐだ言わない。決定したことなんだから」

麻衣のバカー。

「ほら、ラブリーに着いたわよ」

麻衣の言葉を聞き、重たいため息をこぼしたとき。

「お前ら、なにしてんの？」

うしろから、声を掛けられた。おそるおそる振り返ると、制服姿の一馬くんが。

「か、一馬くんっ！　どうしてここに……」

「学校帰り。進路のことで、須田ちゃんに相談があって」

「一馬くんも進路のこと、ちゃんと考えてたんだね」

「なにか言ったか、遥？」

頭を軽くゲンコツでたたかれる。なんで、たたかれなきゃならないの。わたし、なにも悪いことしてないのに。

「あら、浅井くんじゃない。学校帰り？」

「まぁ。永納は、たっちーとデートか？」

「残念ながら、勉強会。あっ、よかったら、浅井くんも来る？　ラブリーでするんだけど」

「そうだな……小腹も空いてるし、飯が食えるなら行く」

「じゃあ、決まりね。人数が増えてよかったね、遥」

じろっと一馬くんを見ると、よろしく、と鼻で笑った。

一馬くんがいたら、瀬川くんのことでからかわれるよ。

余計な邪魔者が入り、再びため息をつく。

「お待たせ！」

しかし、わたしの心臓は、一瞬にして飛び跳ねた。

「いきなり誘って悪かったなぁ」

「いや、俺も課題たまってたから、助かるよー」

たっちーと瀬川くんが、ケラケラ笑いながら話す。わたしは、横目で瀬川くんを盗み見する。

「遥ちゃん、いやらしーぃ」

「盗み見とか、小心者だな」

麻衣と一馬くんが、そう言ってニヤニヤする。わたしはあわてて、視線を正面に戻した。

「じゃー、中に入るか！」

たっちーの掛け声に、わたしたち一同はうなずいた。

みんなのあとについて、わたしも一番最後に中へ入ろうとした、そのとき。

「あれ？　遥ちゃん？」

聞き覚えのある声がして、足を止める。

「か……楓ちゃん」

「久しぶりだね。夏休み、楽しんでる？」

「あ、うんっ。それなりに」

「そっかぁ。遥ちゃん、今からラブリー？」

「うんっ。友達と一緒に、勉強会をすることになっ……」

「おーい浅井、早く来いよ！」

すると、タイミングよく、わたしのことを呼ぶ瀬川くんの声が。

「あ、わかったっ。……じゃあ楓ちゃん、わたしはこれで」

「ねぇ、その勉強会って、朱希くんもいるの？」

わたしが苦笑いをして答えると、楓ちゃんは目を輝かせながら、わたしを見つめた。

「……みんな、いいかな？」

先ほど、ラブリーに入ったわたしは、みんなが待っている席へ向かった。もちろん、楓ちゃんも一緒に。

そして、楓ちゃんも一緒に加わっていいか、みんなにたずねているところ。

「いいんじゃね？」

第一声は、瀬川くんだった。麻衣と一馬くんはチラッとわたしを見る。

「ありがとうっ。いきなり割りこんで、ごめんね」

「いや、いいよ。ていうか、制服？　学校に行ったのか？」

「うんっ。バスケ部のかわいい後輩たちを指導してきたの」

瀬川くんと会話をしながら、瀬川くんの隣に腰を下ろした楓ちゃん。

「遥、こっち空いてるよ」

麻衣が手招きをして、わたしを呼び寄せた。

「せっかく遥のために、瀬川くんの隣を空けてたのに」

つぶやく麻衣に、わたしは仕方ないよ、と空笑いをした。

席は、わたしの隣が麻衣で、その横がたっちー。反対側は、一馬くん、瀬川くん、楓ちゃんの順。

楓ちゃんと瀬川くんは、部活の話で盛りあがっている。途中、たっちーも加わったりしていた。

「勉強するよ」

しかし、麻衣のひと言でガラッと空気が変わり、みんな勉強モードに。楓ちゃんもたまたま課題を持っていたらしく、一緒に取り組む。

この席じゃあ、ななめ前の瀬川くんと楓ちゃんばっかり気になっちゃうよ。

課題を開くけど、全然頭に入らない。

「遥ちゃんっ」

すると、意外なことに、楓ちゃんから話しかけられた。

「わたし、数学超苦手なんだけど、遥ちゃん、わかる？」

「えっと……実は、わた……」

「遥は数学が超超超ー苦手なんだよ。な、遥」

わたしが返答しようとしているのに、一馬くんにさえぎられた。

「じゃあ、俺が橋本に教えるよ」

え？　せ……瀬川くんが？

「数学はちょっと得意分野だし、少しくらいなら……」

「本当？　じゃあ、お願いしていいかな？」

瀬川くんはうなずいて、楓ちゃんに数学を教えはじめた。

――ポキッ。

「おーい遥、シャーペンの芯、折れてる。ったく、何回目だよ。朱希と橋本のこと、気にしすぎ」

「あ……う……」

図星で口ごもって言葉をなくしたわたしは、力なくシャーペンの芯を出した。

「ほら、数学やるぞ」

「え？　一馬くんから教わるの？」

「お前さ、学年一の秀才をバカにしてんの？」

いえ……とつぶやき、しぶしぶ一馬くんから数学を教わることになった。

「う……わっ、超わかりやすい！　わたしが、こんなに数学の問題を解けるなんて、感激っ」

すると、一馬くんがわたしのノートを取り、シャーペンでなにかを書きだした。

「ちょ、一馬くん！　それわたしのノー……」

「うるせー。遥の答えが合ってるか、丸つけしてんだよ」

え、丸つけ？　赤ペンを持っているようには見えないけど？

「はい」

そして、返されたノートを見ると……。

『朱希と橋本のこと、大丈夫か？』

と、ちょっぴり乱暴な文字が並んでいた。……ていうかさ。

「字……汚いよ？」

「う、うっせーよ」

少し赤くなっている一馬くんが、そっぽを向く。頭がいいのに、字は汚いんだ。わたしは小さく笑って、ノートに返事をした。

『心配してくれてるの？　ちょっとイヤだけど、大丈夫』

『べつに、心配なんてしてねーし。朱希に、数学教えてって頼めばいいじゃん？』

『無理に決まってるよ！　それに、緊張して勉強どころじゃなくなる』

『は？　俺は大丈夫なのかよ』

『一馬くんは、口出しする秀才男子としか見てないもん』

『イヤミか、それ。俺こそ、遥は自分の好きなヤツをストーカーする女子としか見てないから』

な、なんですと!!

ノートでの会話が続いたあと、たまらず小声で話しかけた。

「か、一馬くん、今のなに⁉」

「だって事実じゃん」

「この……っ、わたしは……！」

「元気になったか？」

え？

「いや、元気どころかバカに辿りついたか？」

もしかして、今こうやって茶化してるのって……わたしの元気がなかったから？

「一馬くん……あの……」

「お礼とかいらないから、ラブハンおごって」

「はっ⁉」

わたしが反対する間もなく、一馬くんはラブハンを注文しだす。

「カズ、ラブハン食うの？」

「おー。小腹が空いてきたし」

「俺も食う！」

今まで楓ちゃんに数学を教えていた瀬川くんが、ラブハンという単語に飛びついた。

そして、その流れで、みんなも食べることに。

「ん、ウマーい！」

ラブハンを頬張りながら、幸せそうに笑う瀬川くんを見ていると、胸がいっぱいになる。……わたしも食べよ。

「はわぁ……おいひー！」

「ちょ……遥ってば、顔、顔」

「遥ちゃん、かわいいよっ」

わたしの幸せにひたる顔を、麻衣はイヤがり、楓ちゃんはクスクス笑う。

「ウマそうに食うなぁ、浅井は」

そして、幸せそうに笑う瀬川くん。だけどね、瀬川くん、おたがい様だと思うんだけどなぁ？

「そういえば、前もこんな顔してたな？　あのときは、ほとんど顔全体が、強張ってたけどな」

「そ、それは緊張しちゃって……」

「ねぇ、前ってなにー？　遥ちゃんと朱希くん、ふたりで一緒にラブリーに来たことあるの？」

楓ちゃんが、不思議そうにたずねる。

あ……し、しまった。わたしの背中に冷や汗が流れはじめた。

「あの……それは」

「ラブリーに来たことはあるよ。まぁ最初は、健真と永納もいたんだけどな」

「えっ？　最初？」

「あぁ。健真が忘れ物して、俺と浅井は、残されたラブハンを食べるハメになったんだ。ウマかったけどな！」

わたしを見て、だったよな？と笑う瀬川くん。わたしはコクコクうなずく。

「うわぁ、遥ちゃん、ズルいぞー！」

すると、楓ちゃんから冗談まじりの言葉が飛んできた。もちろん……考えなくても、意味はわかる。

申し訳ない気持ちで楓ちゃんを見ると、楓ちゃんは笑っていた。わたしは負けてないよ、って雰囲気で。

「あ……そうだ、浅井」

瀬川くんが、フォークをいったん止めて、わたしに声をかけた。

「ん？」

「ラブハン食べてからさ、英語……教えてくれない？」

「えっ⁉」

「前、自習のときに少し教わったけど、わかりやすくて。浅井がよかったら、また教えて？」

緊張してガチガチになりながら、瀬川くんに勉強を教えたことを思い出す。

「わ……わたしでよければ」

「じゃ、よろしくな！」

断れるわけがないよ。

わたしは始める前から胸がいっぱいになった。


「朱希、席替わるよ」

「カズ、サンキュー」

ラブハンを食べ終え、一馬くんのひと言で、わたしの目の前には瀬川くんが座ることになった。

う……わわわ。さっきまで一馬くんだったのに、いきなり瀬川くんになっちゃったよぉ。

「大丈夫？　浅井」

「あ、うん。はいっ」

はずかしくて顔が熱くなったわたしだけど、瀬川くんと英語の勉強を開始した。

「あのさ、ここなんだけど……」

「ここは過去のことで、過去分詞がくることになって……」

わたしなりに、一生懸命解説する。あまりにも熱く解説しすぎたのか、わたしは、ドキドキを忘れていた。

少し、楓ちゃんの視線が気になったけど、こうやって勉強を教えることができるなんて……ウソみたい。さっきまで、瀬川くんは楓ちゃんの隣にいたのに。

「っしゃー、英語終わった！」

ガッツポーズをしながら喜ぶ瀬川くん。

「うわっ、朱希、ずりぃぞっ。俺なんか、全然進んでないし！」

「健真は、永納とイチャついてるからだよ」

「瀬川くん、わたしたちがイチャついているように見えた？ ほら、たっちー、今日はこれくらいにしておくから、その変な顔戻して」

「マジ⁉ やったー！」

たっちーがうれしそうに声を上げた。

「で、帰る準備をすること」

麻衣の言葉に時計を見ると、もう夕方の六時。

わたしたちは、解散することになった。


「遥ちゃんっ」

会計を済ませてラブリーを出ると、楓ちゃんに呼び止められた。

「今日はわたしも入れてくれてありがとうね。すっごく楽しかったよっ」

「そっかぁ。楽しめたならよかったよ」

「それにね……遥ちゃんに、たくさん嫉妬しちゃった」

わたしは財布を閉める手を止めて、楓ちゃんを見る。

「最初は、朱希くんはわたしの隣にいたのに、遥ちゃんのところに行っちゃうし」

「あ……そ、それは……」

「それに、朱希くん、超鈍感だし」

超、を強調して、わたしを見た楓ちゃん。たしかに、瀬川くんは鈍感だ。

「だからね、わたし……気持ち伝えようと思うんだ」

……え。

「このままじゃ、いつまでたっても気づいてくれないもん」

楓ちゃんが……瀬川くんに、気持ちを伝える。

「わたし、遥ちゃんと正々堂々勝負するために、宣言してるんだからねっ」

楓ちゃんの笑顔が、まぶしい。偽りなんかなくて、まっすぐで、素直で……。

そして、わたしも楓ちゃんに告げた。

「……ない」

「え？」

「わたしも、負けない」

わたしだって、楓ちゃんに負けないくらい、瀬川くんへの想いは大きい。

「そうこなくっちゃね！」

「う、うん」

「だけど、心の準備できてる？」

「へ？」

「わたし、今日、告白するんだ」

……ウソ。

「お待たせー！」

タイミングよく、ラブリーからみんなが出てきた。

「さーて、帰るかっ」

自然に、同じ方向へ帰る人同士で固まりだす。

「俺はこっち方面だからひとりか。じゃーまた……」

「待って、瀬川くんっ」

すると、わたしの隣にいた楓ちゃんが、瀬川くんを呼び止めた。

「わたしも同じ方向なんだけど、よかったら一緒に帰らない？」

「おぉ、いいよ」

楓ちゃんは、あっという間に女の子の表情になった。わたしの胸が痛む。

「いいのかよ、遥」

と、一馬くんが心配そうに声を掛けてきて、わたしはぎこちなくうなずいた。

「あ！」

みんなが帰ろうとしたとき、たっちーがなにかを思いついたように声を上げた。

「夏休みの最終日、クラス全員で花火大会しようって話してんだけど、やんねーか？」

「うわ、楽しそうだなぁ！」

「その前に、課題終わらせなきゃね、たっちー」

麻衣の言葉に、泣きマネをするたっちー。

花火……大会か。楽しそう。

だけど、楓ちゃんの告白が成功して、瀬川くんと楽しそうにしていたら……どうしよう。

「花火大会……いいんじゃね?」

めずらしく、一馬くんがつぶやいた。

「じゃあ、帰ろっか」

麻衣がわたしの表情をチラッと見て、みんなに呼びかけた。

麻衣とたっちーは微妙(びみょう)な距離を開けて、威嚇(いかく)しあいながら帰っていく。

別の道では、瀬川くんと楓ちゃんのうしろ姿が、小さくなっていく。並んで歩ける楓ちゃんが、うらやましい。

そして、わたしは……。

「なんで勇気、出さなかったんだよ」

……まさかこの状況で、一馬くんと一緒だなんて。家の方向が同じだからって理由だけど。

「し、仕方ないの。わ……わたしにだって、いろいろあるんだからっ」

「そんなグダグダ言う元気があるなら、『わたしも一緒に帰る』って、朱希に言えばよかったのに」

「……い、言えるわけないよっ」

元気もなければ、勇気も、ない。

「遥、そろそろ本気で動きださねーと、ヤバイんじゃね？」

わかってるよ。

瀬川くんへの片想いも、気づかれないまま、もう……三年目。そして今日、楓ちゃんが、瀬川くんに告白する。

「か……ずまくん」

「ん？」

「ゆ……夕焼け……キレイだね」

「……なに言ってんだ、お前」

一馬くんの声を聞いてから、目の前に広がる夕焼けが、どんどんにじんでいった。

「……や、やだ……イヤだよぉ」

ふたりを追いかけられない自分が、楓ちゃんに態度で示せない自分が……イヤだ。

内気でなにごとにも消極的で、好きな人の前ではうまく話せなくて。いつも緊張ばっかりして、目を見て話すって目標を決めたのに、なかなか話せなくて。

「せ、がわ……くん」

夏の日の夕焼けは、わたしをさみしくさせた。

隣にいる一馬くんは、わたしの頭を優しくなでてくれて。

わたしは、いつもよりちょっぴり泣き虫だった。

シャボン玉と線香花火

――～♪～♪

「んんー」

スマホのメッセージ受信音で、夢の世界から現実に引き戻された。

夏の朝の光を浴(あ)びて、ひとつあくびをしてから、スマホの画面にタッチする。麻衣からのメッセージだ。

【夕方六時、なぎさ公園にて花火開始☆
待ち合わせして、一緒に行こ♪】

今日は、夏休み最終日。あの日たっちーが言っていた花火大会が開催(かいさい)されることに。

「花火か……」

楽しみといえば楽しみなんだけど……気乗りしないわたしもいる。そう、瀬川くんと楓ちゃんの、あの日の帰り道のことが、気になっているんだ。

あの日、瀬川くんから、『英語を教えてくれてありがとう』というメッセージが来ていた。

だけど、わたしは返さなかった。楓ちゃんの彼氏になっていたら……と考えたら、言葉が浮かばなくて。それっきり、なにも連絡はない。

モヤモヤした気持ちのまま、夏休み最終日の今日まで過ごした。

ふたりも来るだろうな。わたし、いつもどおりに接することができるかな？

「うー……イヤだぁ」

麻衣にわかった、と返事を打って、カーテンを開けた。わたしの心とは裏腹に、笑っている太陽。

それから、スマホの着信音が鳴った。

『遥、おはよう。わたしだけど』

電話の主は麻衣だった。

『どうしたの？　たった今、返事送ったのに？』

『言い忘れてたことがあって。今日は、浴衣（ゆかた）着ようね』

……え。

『な、なんで？　わたしは、普通の私服でいい……』

『遥、高校最後の夏休みだよ？　女子は浴衣着ようって連絡もあったし、浴衣くらい着ようよ。ってことで、決定ね。じゃ、五時半に待ち合わせで』

ブチッ。麻衣から切られた。

な……なんで浴衣なの⁉　麻衣はたっちーがいるから、見せたいのかもしれないけれど。

でも……せっかくだからわたしも浴衣、着ようかな。夏休みも最後だし、秋からは受験勉強も本格的になるから、こんなふうにクラスメートと遊べるのも、次はいつになるかわからない。

わたしは、クローゼットの奥にかけてある、薄ピンク色に蝶の柄がかわいい浴衣を見つめた。

そして、お昼を食べたあと、風鈴の音を聞きながら夏を惜しんでいると、いつの間にか夕方に。

あわてて、お母さんに浴衣を着せてもらう。

「こうやって遥に浴衣を着せたの、何年ぶりかしら？」

「けっこう久しぶりだよね！」

「まぁ、浴衣にチャレンジするってことは、好きな人がいるってことよね？」

鏡ごしに、わたしを見るお母さん。わたしは目を泳がせた。

「遥……」

「ん？　なに？」

「ううん……なんでもないわよ。いってらっしゃい！」

受験に合格すれば……来年は、この家にはいない。こんなふうにお母さんに浴衣を着せてもらうことも、なくなるのかな。

ちょっぴり切なくなりながら、麻衣との待ち合わせ場所へ向かった。

「遥の浴衣姿、初めて見た。かわいいよ」

待ち合わせ場所で、目を丸くして、わたしを見る麻衣。わたしは、小さく笑みをこぼした。

「へへ。実は、高校に入ってから初めて着たんだよね」

黒をベースにした浴衣を着ている麻衣は、いつもより断然大人っぽい。

カランコロン。ふたりの下駄の音が響く。

「夏も……終わりだね」

ゆっくりとした時間が、わたしたちを包み、夏のさみしさを漂わせた。

「おわ!!」

花火大会会場に着くと、一目散にたっちーが飛んできた。

「な、ながっ……永納……」

「……なによ」

「めっちゃかわいい！」

「……い、いきなり、なに」

麻衣、まっ赤になって、かわいいなぁ。見ているこっちも、赤くなっちゃうよ。

「たっちー、よかったね。こんな麻衣が見れて」

「あぁ！　浴衣サイコー！　ま、麻衣サイコー！」

「……勝手に名前で呼ばないで」

熱い。熱いですよ、おふたりさん。

「おっす、浅井！」

ポンッと肩をたたかれて、瀬川くんから呼ばれた。触れた肩が熱い。

「浴衣姿の浅井って、イメージちがうな」

「あ……う……そうかも。わたし、浴衣似合わないし」

「あ……、いや、そういうんじゃなくて……」

着てくるんじゃなかった……と後悔して、ため息をついたとき。

「浴衣とかどうしたんだよ、遥」

一馬くんから、茶化された。もうっ、瀬川くんとの会話を邪魔してっ。

「き、着てもいいでしょー」

「ふーん。似合ってんじゃん」

へ？

びっくりして、思考停止しちゃったじゃん。

「まぁ、お前が着るとガキっぽいけど」

「ひ、ひどい」

そうこうしているうちに、花火大会がはじまった。

男子は子供のようにはしゃぎ、女子も笑いあっている。

「麻衣、見て見て！　花火、めっちゃキレイだよっ！」

「本当だ。わたしの花火も負けてないけどね」

浴衣に花火に仲間。

こうやって、みんなで花火をするのも、もしかしたら最初で最後なのかもしれない。

「……ねぇ、一緒に花火しようよ！」

手もとに花火を何本か持った楓ちゃんから、声を掛けられた。わたしは断れず、うなずく。

麻衣が気を利かせてか、その場を離れた。

「こうやって、遥ちゃんと花火するなんて……不思議だね」

「う……うん」

正直、わたしはこの場から逃げだしたかった。楓ちゃんとは、気まずいから。

だって、楓ちゃんは瀬川くんに告白をして……それで……ダメだ。変な妄想ばっかり浮かんじゃう。

「あのさ、遥ちゃん」

「ん?」

光と火花を散らす花火を見つめながら、楓ちゃんの言葉を待った。

「遥ちゃんは、朱希くんのどこが好きなの?」

「えっ?」

「なんでもいいの。だから、答えてくれる?」

そ……そんなこと、急に言われても。わたしは、あたふたしながら、目を泳がせた。

「う……うまく言えないけど……」

「ううん、大丈夫」

「だ……誰にでも優しすぎるとこ」

瀬川くんの、みんなに優しいところに惹かれた。そこが輝いて見えて、とてもまぶしかった。

「瀬川くんの……優しいところが好きなの？」

「うん。他にもたくさんあるけど、一番の理由はそれ……かな」

言ったあと、顔が熱くなる。自分の気持ちを言葉にするって、とてもドキドキしちゃうんだね。

「……楓ちゃん？」

気がつくと、楓ちゃんは泣いていた。

わたしは状況がのみこめず、黙りこんでしまう。すると、楓ちゃんが口を開いた。

「遥ちゃん……わたし……フラれちゃったよぉ」

誰が飛ばしたかわからないシャボン玉が、目の前を飛んでいった。

「……フラれた？」

楓ちゃんの爆弾発言に、固まってしまうほど驚いた。

フラれたって……どういうこと……？

「うん。……遥ちゃんたちとのラブリーの帰りに、宣言どおり、告白したの。そしたら……」

「そ、そしたら？」

「『ありがとう、でもごめん』……って、言われちゃった」

いつの間にか花火は消えていて、下を向いたままの楓ちゃんは、どんな表情をしているか、わからない。

だけど、震えている。わたしはできるだけ優しく、楓ちゃんの背中をさすった。

「……ショックだった。だって、朱希くんとは、かなり話す仲だし、ちょっとは期待してたから……」

シャボン玉が、楓ちゃんの頭につく。透明なシャボン玉が、楓ちゃんの涙と同じように、周りの色を映している。

「……くやしいよぉ」

初めて、顔を上げた楓ちゃん。わたしをまっすぐに見つめてくる。わたしも、目を逸らさない。

「優しくフラれたことが、くやしい」

やっぱり、瀬川くんは優しいんだ。だけど、それは……楓ちゃんにとっては、くやしさにもつながってしまったんだね。

「でもね……後悔はしてないよ」

少しして、落ちついたのか、楓ちゃんがポツリとつぶやく。

「……好きな人に、気持ちを伝えられたから」

わたしも瀬川くんに、好きと伝えることができたら、どんな世界が見えるのだろう。

「こんな結果になっちゃったのはイヤだけど、後悔はしてない。それで、告白の先輩として言うね。……遥ちゃんも、素直になったほうがいいよ」

その言葉に、目頭が熱くなって……泣きたくなった。

「……ありがとう、楓ちゃん」

でもね、楓ちゃん。

わたしには、伝える勇気が……まだない。

だけど、楓ちゃんのおかげで、また彼女になれたらいいなぁって、強く思えるようになった。

わたしも、いつかは……瀬川くんにこの気持ちを、伝えたい。

楓ちゃんとふたりで静かに笑いあって、再び花火を手に火をつける。しばらく、おたがい無言で花火を見つめていた。


「長かったね」

それから、麻衣の元に帰ると、彼女は表情をまったく変えず、花火を見つめたままつぶやいた。

「……告白って、すごいね」

「橋本さん、告白したんだ？」

「うん。……結果は、ダメだったみたいなんだけど」

「それでもいいじゃない。結果を気にしてたら、いつまで経っても告白できないし」

わたしに言ってるんだな。そう思って麻衣を見ると、麻衣は真剣な目をしている。

「永納ー！」

すると、どこからかたっちーが飛んできた。

「一緒に花火しようぜ！」

「麻衣、行ってらっしゃい」

そして、ふたりはちょっと申し訳なさそうにしてから、離れていった。

「浅井遥！」

小さくため息をこぼしたと同時に、誰かに名前を呼ばれる。

肩をポンッとたたかれて、振り向くと……瀬川くんがいた。

楓ちゃんのことを思い出して、ドキッとする。

「永納は一緒じゃないの？」

「ま……麻衣は、たっちーとふたりで花火中」

「ってことは、浅井はヒマ？」

「あ……うん。でも……」

「じゃあ、一緒に花火しよう？　今、いろんなヤツとしてたんだけど、線香花火で勝負しようよ！」

うれしいお誘いに、思いっきりうなずく。わたしたちは、余っている線香花火を持って、移動した。

「……線香花火って、久しぶり」

「そうなの？　俺たちの間で、花火といったら線香花火で勝負だぞっ」

線香花火を見せびらかして、瀬川くんが笑う。

「じゃあ、始めるぞ」

あまりの緊張する雰囲気に、唾をゴクリと飲みこんだ。

「始め！」

――パチパチ。

小さな火花が、わたしと瀬川くんの手もとから放たれた。

「うわ……小さーい」

「浅井みたいじゃん」

「……わ、わたしは、小さくないっ」

瀬川くんに言い返した瞬間、線香花火が地面にポトリと落ちる。

「あぁっ」

「浅井、早すぎだろ？　線香花火が、かわいそうじゃん」

しぶしぶ落ちてしまった線香花火を始末し、二本目を手にした。

「……なぁ、浅井」

「は、はい」

「橋本……大丈夫だったか？」

楓ちゃんの名前が出てきて、反射的に体が固まってしまう。

「あ……せ……瀬川くんに、告白したみたいだね、か……楓ちゃん」

「うん。びっくりしたよ」

花火を見つめる瀬川くんの横顔を、チラッと見ると。

優しい瞳をしていた。

楓ちゃんのことを気にかけている瀬川くんを見たら、胸が痛くなった。

自然と、線香花火を持つ手に力が入る。

「あ、落ちた」

「浅井、花火落ちたよ」

あわてて、花火に目をやる。

それから楓ちゃんの告白の話には触れず、他愛ない話で会話を弾ませた。

「浅井、今から真剣な悩みを相談したいんだけど……いい？」

線香花火がなくなってきた頃、瀬川くんがわたしに言った。大丈夫、と小さくうなずく。

「実はさ……俺、好きなヤツがいて、橋本からの告白を断ったんだ」

……好きなヤツ。

やだ……こんな話を相談されるなんて、予想外だよ。

「そいつ、けっこう明るいヤツで……表情がコロコロと変わって、見ていて飽きないんだ」

浴衣の女子をひとりひとり見て、瀬川くんのタイプの子を探す。

「だけど、俺が近くにいると……そいつ、黙っちゃうんだよな」

さみしそうな目をして、線香花火を見つめた瀬川くん。

「普段はめっちゃ楽しそうに笑ってるのに、俺の前じゃ、苦しそうな表情ばっかり」

瀬川くんに、こんなふうに想われている人がうらやましい。

「だから、俺はそいつに嫌われてるんだよな」

苦笑いだけど、瀬川くんから、その子のことが本当に好き……という感じが伝わってくる。

「……中学のときから、ずっと想い続けてんだ。長い片想い……笑っちゃうよな」

中学のとき……から？

そっか、好きな人がいたんだ。そっか……そうなんだ。

「俺、そいつを傷つけたこともあるのに、あきらめ悪すぎるし、そいつに嫌われてるけど……こんなに好きになったのは、そいつだけなんだ」

……もう、聞きたくない。

これ以上、瀬川くんの恋バナなんて、聞きたくないよ。

「浅井、どうすればいい？」

わたしは……わからないよ。わかるわけないよ。

「浅井、どうすれば……お前に好きになってもらえんの？」

……え？

ポタッ。

ふたりの線香花火が、同時に地面に落ちた。小さな炎が、わたしたちをともす光が、消えてしまう。

『お前に』……？

き、聞きまちがいかな。わたしったら……。

『その子に』って言ったんだよね？　うん、きっとそう。

「あ……せ、線香花火、終わっちゃったね。わたし……新しいの持って……」

ぐいっ。

「線香花火はいらない。今の質問に答えて」

立ちあがった瞬間、瀬川くんに腕をつかまれた。

「え……わた……わたしは、その……子じゃないから……その……」

「もー……浅井、鈍感すぎる」

混乱(こんらん)しているわたしに、ひとつため息をこぼした瀬川くん。そして……。

「今のは全部浅井のことなの！　意味わかる？　俺は、浅井のことが……あ……浅井のこ、とが……」

口ごもりながらも、顔を赤くした瀬川くんの口から、言葉があふれた。

「……中学のときから、ずっと好きだった」

一瞬にして、周りの音が消えた。

頭の中はまっ白になり、世界が静止したような感覚の中、ふわふわと宙に浮くシャボン玉が見えた。

「別れてからも、忘れらんなくて。……浅井がよかったら、もう一度付き合ってください」

ウソだと思った。

ありえないって、信じられないって思った。

だって……瀬川くんから……好きって言われたんだよ？

ずっと片想いしていた、瀬川くんから……もう好きと言われることなんてないと思っていた、瀬川くんから。

あまりにも真剣な目で瀬川くんから見つめられ、わたしは……泣いてしまった。

「あ、浅井⁉」

いつもみたいに、心配してくれる瀬川くん。わたしは、うれし涙をこぼし続ける。

だけど、泣いてばかりではいられない。わたしも……伝えなくちゃ。

「せ……瀬川くん。わ、わたしもずっと好きだったよ」

泣きすぎて、言葉がうまく出てこない。だけど、ちゃんと伝えるために、一生懸命言葉をつなげる。

「だ……から、わたしで、よかったら……」

でも、最後まで言えなかった。思いがけず、瀬川くんに肩を引きよせられたから。

「……ごめんな」

瀬川くんがつぶやく。だけど、わたしには謝られた理由がわからない。

「俺、ずっと浅井が好きだったんだ」

「……う、うん」

「だけど……浅井と一緒にいても、浅井を笑顔にさせてやれなくて……俺が苦しめているみたいで……でも、どうしたらいいかわからなくて」

瀬川くんも、そう思っていたの？

遠ざかってしまったのは、瀬川くんに、好きな人ができたんじゃなくて？　わたしに、飽きたんじゃなくて？

瀬川くんの言葉を聞いて、再び涙腺が決壊した。

「……わ、わたしも……瀬川くんを苦しめてるんじゃないかって、ずっと思ってた」

そばにいても、話したくても、距離があって。

「……本当は、誰よりも近くで、瀬川くんの笑顔が見たかったの」

彼女なのに上手に話せなくて、彼女なのに瀬川くんを笑顔にできなくて。

「……浅井も俺と同じ気持ちだったんだ？」

「う……うん。そう」

「おたがいが、おたがいのことを、考えすぎてたんだな」

わたしが瀬川くんのことを考えていたように、瀬川くんもわたしのことを考えてくれていた。

……そう、解釈していいのかな？

そして、うれしさで胸がいっぱいになったわたしは、あることに気づいた。

「あ、あのさ……瀬川くん」

「ん？」

「は、はずかしいから、そ……そろそろ、離してほしいかな……なんて」

そう、わたしはずっと瀬川くんに肩を引きよせられたままだ。

「あ、わりっ」

街灯の明かりで照らされていたふたつの影が、一瞬にして離れる。

ちょっぴりさみしいけど、わたしの胸のドキドキは、ほんの少しだけおさまった。

「浅井、こ……これからは俺の彼女として、よろしくなっ」

こうやって間近で話していて気づいたけど、瀬川くんって、照れると目を合わせてくれないんだ。

ふふっ、そんなところもかわいくて、キュンとしちゃうよ。

「わ……わたしこそ、よろしくお願いします」

もちろんわたしも、目を見れるわけがなくて。でも、ふたりで顔をまっ赤にしながら、笑いあった。

これからまた、いろんな瀬川くんを見られるんだ。

誰よりも近い距離で。

そう考えると、自然と笑みがこぼれてしまう。

すると……。

「あー、キーモイ」

と言われたと同時に、思いっきりほっぺたを引っぱられて、誰かに離れた所へ連れていかれた。

驚いた顔をした瀬川くんから、遠ざかっていく。

「ひゃ……ひゃれ⁉ ひ、ひゃにひゅんの……」

「わたしよ。そんなに泣きそうな顔しないでよ」

ごめんね、と、わたしの頬を優しくなでてくれる麻衣。

「遥さんがニヤニヤしている理由を聞きたくってさ」

「ニ、ニヤ……⁉ もしかして、バレてたの⁉」

「超バレバレ。で、理由は？」

こ、これって、言っていいのかな？ でも、麻衣もたっちーと付き合いはじめたときに教えてくれたし。

「えへへ。麻衣、わたし瀬川くんの彼女になれたよ」

そう言うと麻衣はうれしそうにほほえんだ。

「やっとくっついたね」

「えっ？」

「夏休み前にさ、瀬川くんから遥が好きなこと聞いてたんだけど、なっかなか進展しないから、見てるこっちは何度イライラしたことか。もう強制的にくっつけようかと思ったくらい。でも、よかった。おめでとう、遥」

「ありがとう～」

わたしは、もう瀬川くんに告白されることはないと思ってた。瀬川くんの隣を歩ける日が来るなんて、思ってもいなかった。

嫌われていなくてよかった。おたがい同じ気持ちでいてくれてよかった。

……ずっと、瀬川くんを好きでいてよかった。

Kimi no tonari de
orenjiiro no koi wo shita.
第三章
笑顔と
落とし穴

夏休み明けのふたり

「麻衣おはようっ」

「おはよー。テンション高いね」

ドキドキの夏休みも終わり、今日から新学期。夏休みが名残惜しい気持ちと、学校が始まる楽しみが交わる。

「瀬川くん、まだかなぁ……」

「もう、ニヤニヤしちゃって。目なんかキラキラ輝いてるし。まったく、恋人ができた次の日はこんなにも変わるものなの？」

「そ、そんなこと……」

「よっ、待たせたな！」

すると、わたしと麻衣の前に、大きな体が立ちはだかった。わたしたちは、パッと見あげる。

「おはよう、永納！　俺の登校を待ってたんだろー？」

「……」

自信満々なたっちーを、唖然として見つめる。いや、たっちーの話なんて、してないんですけど。

「自意識過剰もほどほどに」

たっちーのほっぺたを、ペチッとたたいた麻衣。

「ボディ、タタタ、タッチ！」

たっちーは、それだけで顔を赤らめる。

ホント、見ていて、飽きないふたりだ。

微笑みながら、ながめていると……。

「おはよう、浅井！」

「……!!」

その声に、わたしの心臓が、飛びだしそうになった。

「お……はよう」

「昨日は花火、楽しかったな！」

目の前に、キラキラ笑う瀬川くん。や、ヤバイ。ドキドキが前以上にハンパない。

これじゃ、会話が続かないよ。

「ていうか、健真のヤツ、あんなに騒いで、なにしてんだよー？」

だけど、瀬川くんはたっちーの元へ向かった。

……たっちーに負けた気分。

「あっ、朱希ーっ！　聞いてくれよぉーっ」

瀬川くんに、麻衣からのボディタッチの喜びを伝えるたっちー。子犬のようなたっちーに、「はいはい」と棒読みで返す瀬川くんが、大人に見えた。

「遥、ニヤけすぎ」

「ニ、ニヤけてないっ。元々こんな顔だもん。……それよりさ、麻衣……」

「ん？　どうした？」

「瀬川くん……人気者じゃん？　だから、わたしと付き合うことになって、大丈夫なのかな？」

「まぁ……大丈夫なんじゃない？　……ただし、ひとりをのぞいてはね」

そうだ。わたしはまだ、あの子に伝えていない。

「か……楓ちゃん」

「おはよう、遥ちゃん！」

声を掛けると、楓ちゃんはニコッとして、振り向いてくれた。

「楓ちゃん、あ……あのさ……」

「ん？　どうしたの？」

言え……言うんだ、わたし。楓ちゃんだって、フラれたことをわたしに伝えてくれたんだ。

「あ……せ、瀬川くんと……その……付き合うことに……なりました」

持っていた教科書を、落としそうになる楓ちゃん。

「……そっか」

「う、うん。それで……」

「それってさ、瀬川くんにフラれたわたしへの、自慢？」

楓ちゃんが、冷たい口調で言う。

「ち……ちがっ」

「だって、わっざわざ報告してくれるなんて……自慢じゃん？」

ちがう……全然ちがうのに、返す言葉がない。楓ちゃんが怖くて、顔が見れない。

「……なーんちゃって」

え？

さっきとはちがう、優しい声の楓ちゃんを見ると、楓ちゃんは笑っていた。

「わたし今、超くやしい」

くやしそうに、だけど、笑顔で言う楓ちゃん。

「わたし、朱希くんにフラれたときに、遥ちゃんを好きなことは聞いてたんだ。だから、いつふたりがくっつくのかって……怖かった」

「……え？」

「だけど、ふたりが付き合うことになって……正直、うれしいの。もちろん、くやしいけどっ」

「楓ちゃん……」

「おめでとう。だけど、油断したら、朱希くん取るからねっ」

わたしの顔をプニッとして、かわいく笑った楓ちゃん。わたしも負けじと、楓ちゃんの顔をプニッとし返した。

楓ちゃんがライバルで……本当によかった。


そして、始業式が終わり、下校時間になった。

「遥、瀬川くんと帰るの？」

「しーっ！　こ……声が大きいよ、麻衣っ」

「隠すようなことじゃないし、べつにいいじゃない？」

「よ……よくないっ」

わたしは、誰かに聞かれていないかと、ひやひやしてしまう。

「わたし、進路のことで須田ちゃんに話があるし、瀬川くんとは約束してないよ」

「なーんだ、残念。せっかく四人でラブリーに行こうと思ったのに。仕方ないから、たっちーと瀬川くんと、三人で行くよ」

『間に合ったら来てね』と残して、教室を出ていった麻衣。

わたしは身支度を済ませて、職員室へ向かう。だけど、須田ちゃんの前には、一馬くんがいた。

真剣に話すふたりを見て、本格的に進路を決める時期が来てしまったんだ、と痛感する。

わたしは少し離れ、ふたりの話をボーッと聞いた。

「浅井なら評定も大丈夫だし、S大に行けると思うけど？」

「でも、俺はK短がいいです。夏休み中、考えて出した答えなんで」

短大？一馬くん、頭いいのに、大学には行かないのかな……？

「そうか？浅井がそう言うなら、背中を押すけどな……家庭の事情か？」

「いえ、そういうわけじゃ……」

家庭の事情？なんのことだろう……。

「遥って、のぞき見が趣味？」

あれこれ考えていると、須田ちゃんのところにいたはずの一馬くんの声が頭上から聞こえた。あ、いつの間にか、話が終わったんだ。

「うわぁ、びっくりした」

「ボーッとしていたお前が悪い」

もらった資料を、パラパラっとめくりながら答える一馬くん。

「じゃーな」

職員室を出ていく一馬くんの背中を見て、さっきの話の内容について考えながら、わたしは須田ちゃんのところへ向かった。

そして、どうしても気になったわたしは、一馬くんの家庭の事情について、須田ちゃんに聞いてみた。

すると、須田ちゃんはしぶりながらも、『浅井になら、いいか』と言って、教えてくれた。

『浅井は……父子家庭なんだ。だから経済的な面を考えて、近くのK短を選んだと思うんだ』

一馬くん……家庭のことを考えてたんだ。自分の進路を犠牲にして。

なんとか、できないかな？

ため息をこぼしながら、下駄箱から靴を取りだして帰ろうとした、そのとき。

「……おっせーぞ、浅井」

いきなり名前を呼ばれて、反射的に足を止める。

「えっ！　せ……瀬川くん⁉」

振り返ると、麻衣たちとラブリーにいるはずの瀬川くんがいた。

「な……なんで？」

「あのさ、カップルと三人でラブリーとか、俺でもイヤなんだけど？」

あぁ、たしかに、麻衣とたっちーと三人は微妙だね。

「……それに、浅井がいなきゃ楽しくないし」

ドキッ。

わたしの胸は飛びはねた。瀬川くんの口から、こんな言葉が聞けるなんて。

「もう、進路相談は終わった？」

「あ、うん」

「じゃ、一緒に帰ろ」

「うん……えっ！？」

「驚かせて、ごめんな。俺、浅井を待ってたんだけど。……イヤじゃなかったら、一緒に帰らない？」

瀬川くんは、わたしの焦りを読み取ったのか、申し訳なさそうに言ってくる。

「い、一緒に帰り……たいです」

緊張しすぎて瀬川くんの顔は見れなかったけど、伝えられた。そして、瀬川くんに続いて、校舎をあとにした。

「……」

はい、沈黙。これは、中学のときから変わらないか。でも、今は、なに話そうかなって前向きに考えることができている。

「あのさ」

瀬川くんが口を開いた。

「……沈黙になっちゃうけど、浅井のことが……嫌いとかじゃないからな？」

一生懸命、気遣ってくれている瀬川くんを見ると、なんだか笑えてくる。

「な、なに笑ってんだよ」

「いや……おかしくって」

「……なにが？」

「せ……瀬川くんの、一生懸命な気遣いが」

「だって、中学のときみたいに思われてたらイヤじゃん。だから、これからは……素直になろうと思って」

ふと、あの頃もおたがいにこんなふうに素直になっていたら……と、今さら考えてしまった。

だけど、あの頃のわたしたちがいたから、今のわたしたちがいる。

こうやってまた、付き合うことができている。瀬川くんの隣を、歩くことができているんだ。

そう思うと、自然と浮かれているわたしがいた。

「まぁ、できるだけ沈黙は避けるように……する……けど」

照れくさそうに言った瀬川くん。がんばってくれているのが伝わって、うれしい。

「そうだね。……わ、わたしも、がんばるねっ。瀬川くんと、たくさん話せるようにっ」

「がんばるって……大袈裟(おおげさ)な」

「ううん、がんばらなきゃっ」

わたしの言葉に、ふふっと笑った瀬川くん。わたしも小さく笑った。

それからわたしたちは、おたがいのことを知るために、好きな食べ物、好きな色、といっぱい教えあった。

噛み噛みになりながら話すわたしを落ちつけるように、優しく答える瀬川くん。

瀬川くんの好きな食べ物は、カレーと焼きそば。好きな色は、青。好きなスポーツは、もちろんバレー。そして、

『好きな人は……お前だから』

と言ってくれた。

瀬川くんとの帰り道。見慣れた景色が夕日に照らされて、キラキラしていた。

これからも、こうやって帰れるんだ。瀬川くんの隣を、歩けるんだ。

「もうすぐ体育祭だけど、浅井は何に出るの？」

「わたしは……徒競走と……仮装リレー」

「マジで？　仮装リレー、どんな格好か楽しみだなっ」

「み……見なくていいっ。せ……瀬川くんこそ、なにに出るの？」

「俺は、徒競走と学年対抗リレーと……女パラ」

「ウソっ。女パラに出るの？　わぁ……楽しみだなぁっ」

女パラとは、女装パラダイスという、うちの高校の体育祭で名物になっている種目のこと。男子が女装をして、グラウンドを一周走りながら芸をするのだ。

「……浅井は、俺が女装とかイヤじゃない？」

「むしろ楽しみだよ」

「それなら、よかったけど……期待しないほうがいいからな。ちょっとだけ見てくれれば」

夕日のオレンジのせいじゃない。瀬川くんが照れて……頬が赤く染まっている。瀬川くんはそれを隠すように、歩く足を速めた。

「いーや、ずっと見てるよっ」

わたしはそう言って、瀬川くんの歩調に合わせて、隣を歩く。

「み……見るな」

「み……見るもん」

「見るな」

「見るっ」

歩くスピードを上げながら、言いあうわたしたち。散歩をしている老夫婦が、不思議そうに見ている。

「……バカ」

立ち止まった瀬川くんは、優しい笑顔でわたしの頭に手を置いた。わわっ……キュン。

こんな幸せな帰り道、高校三年間で初めてだよ……。

そのまま、瀬川くんは帰る方向がちがうのに、わたしの家の近くまで送ってくれた。


『よかったじゃない。瀬川くんと帰れて』

家に帰りつくと、麻衣に電話で報告した。

『うんっ。でも、びっくりしちゃった。まさか、ラブリーに行ってるはずの瀬川くんと帰れるなんて、思ってもいなくて……』

『わたしこそ、びっくりしたよ。瀬川くんに、遥は進路相談に行ってラブリーには来

れないって言ったら〝俺、浅井を待ってる〟って』

『え……ウソ……』

『遥、かなり想われてるじゃん』

カップルの麻衣とたっちーといるのがイヤだったんじゃなくて、こんなわたしのために……？

『ヤバイ……すごくうれしいよぉ』

『……はいはい。言わなくても、電話が来たときから、その声だけで十分伝わってるから』

やっぱり、麻衣にはなんでもお見とおしだったみたい。

麻衣と電話を終えたあとも、わたしの胸の高鳴りは止まなかった。

瀬川くんの優しさが心地よくて、涙までもがあふれてくる。

カレカノになってから、まだ一日なのに、こんなにも幸せを感じちゃって本当にいいのかな？

「……瀬川くん……瀬川くーん」

部屋にあるぬいぐるみをぎゅぎゅーっと抱きしめて、ベッドに転がった。

瀬川くんの背中

「遥、日焼け止め、塗ってきた？」

「あっ！　まだっ。ていうか、忘れちゃったよぉ……」

「ほら、わたしの強力なヤツ使いなよ」

麻衣に感謝して、日焼け止めを受け取ったわたし。

今日は待ちに待った、高校最後の体育祭。

二週間後の試験本番に向けて、最近は受験生モードになっていたけど、今日ぐらいは思いっきり楽しまなくちゃ。

『えーコホンっ。全員、すみやかに、指定の場所に集合するように！』

ガヤガヤ騒いでいる教室に、校内放送が流れる。

わたしは、あわてて自分の準備をした。ハチマキ、タオル、飲み物にスマホ！

……瀬川くんと写真、撮れるかな？

「遥ー？　早く行くわよ」

麻衣に呼ばれ、駆けよった。

「遥、瀬川くんに会いたいんでしょ？」

「へっ⁉」

麻衣がわたしの心を読んだように瀬川くんの名前を出したから、びっくりした。

「わたし朝、ろう下で会ったよ。そしたら……女パラの準備してた」

あ、女パラの準備があったんだ。……ていうか！

「麻衣、もう瀬川くんの女装見たの⁉」

「いや、格好は見てないけど、化粧の練習をしてたらしくて……ケバケバしい顔だったよ」

ちょっぴり引きつった顔をする麻衣を見て、瀬川くんの女装を見るのがちょっぴり怖くなった。

運動靴に履き替えて外に出ると、蒸し暑い気温が体を取り巻く。うぅ……暑いよ。

「今から体育祭だってのに、顔死んでるぞ、浅井っ」

だけど、その声を聞いて、一瞬にして暑さがふっ飛んでいった。代わりに、別の熱さが込みあげる。

「せ……瀬川くん。お……おはよう」

「あら、残念。もう化粧取っちゃったんだね、瀬川くん」

「な……永納。それ、もう言わなくていいから。ていうか、忘れてよ」

よっぽどイヤだったんだね、瀬川くん。一気にげっそりしちゃってるよ。

「ま、まぁまぁ。瀬川くんの女装、わたし楽しみにしてるからねっ」

わたしがそう言うと、瀬川くんの頬はほんのり赤くなった。

「……だってよ、彼氏くん」

麻衣がニヤニヤしながら、瀬川くんの肩をたたく。

「た……楽しみにしとけ……よ」

瀬川くんはぶっきらぼうに言って、そそくさとその場を離れた。

「キャー！　いけぇっ」

「六組、ファイトー!!」

熱いグラウンド、熱い声援、熱い熱い戦い。うん、やっぱり体育祭は熱い。

「あっ、瀬川くん！」

テントの中にいたわたしの隣で、ひとりの女子が言った。

暑さにすっかり負けていたわたしだけど、すぐにスイッチが入って、グラウンドに目を向ける。

瀬川くんがハチマキをしながら、他の男子生徒と話していた。その仕草に……キュンとしてしまうわたし。

「もー、仕方ないな」

麻衣が、わたしのスマホを取りあげて、なにをするかと思いきや……パシャリ。

「はい、終了」

スマホをわたしに返して、なにごともなかったかのようにグラウンドに目をやった麻衣。

せ……瀬川くんを撮ったの⁉

うれしいけど、はずかしいよ。

それから、三年男子の徒競走がスタートした。

何組か走り終わり、瀬川くんの出番が来る。

『位置について、よーい……』

――パンッ！

一斉に走りだし、ふたりの男子が飛び抜けて先頭に立った。

「あれって……」

「うん、瀬川くんじゃん。速いね」

男子は二〇〇メートル走で、トラックを一周走る。だから、どんどんわたしたちがいるテントに近づいてくる。

――ビュンッ！

本当に一瞬だった。瀬川くんが、わたしの前を通りすぎたのは……。

だけど、その瞬間、息が止まりそうになるくらい、わたしは心を奪われてしまった。

「瀬川くん二位だったみたい。残念だったね」

麻衣の言葉に、私は我に返る。

「え？　そっか……二位だったんだ」

ゴール付近を見ると、瀬川くんはくやしそうに、でも笑いながら大袈裟なリアクションをしている。

「え？　見てなかったの？」

「あ……うん。なんだか見とれちゃって」

「は？」

瀬川くんの走ってる表情が、あまりにも真剣で、瀬川くんの流した汗が、あまりにもまぶしくて……。

一瞬だけ、チラッとわたしを見てくれた瀬川くんがかっこよくて。

「えへ……えへへへへ」

「うわ、ちょっ……いきなり、気持ち悪いんですけど」

「麻衣ぃ〜」

瀬川くん、やっぱり瀬川くんの彼女になれてよかったよ。

「おっつー。あっ！　浅井、俺の走り見てたかー？」

スポーツドリンクを飲みながら、冗談っぽくわたしに言う瀬川くん。

「も、もちろん、み……見てたよ」

「そーそー。遥ってば、放心状態だったよ」

「おいおーい。やっぱり遥、朱希にベタボレじゃん」

わたしの言葉をさえぎり、麻衣がからかい、一馬くんが便乗（びんじょう）する。瀬川くんは、ちょっぴり赤くなる。

「ち……ちがうの。ウソだから……変な意味にとらえないでねっ」

わたしはまた、変な誤解を招いてしまうと思って、あわてて否定をしたけど……。

「……それ、ウソじゃなければうれしいんだけど」

照れながら、笑ってくれた瀬川くん。そんな瀬川くんを見たら……なにも言えない。

「……ウソ……じゃないです」

一瞬にして火照ったわたし。

「あーっ、思いっきり走ったら、のど渇いた！」

瀬川くんは話題を変えるように、スポーツドリンクを一気に飲んだ。

「さて、わたしも出場する種目あるし、行こうかな」

「あっ、わたしも行く！」

ハチマキを持って立ちあがる麻衣を追い、わたしもテントを出た。

「仮装リレーに出場する生徒は、私についてきてくださーい。……はい、では、くじを引いてください」

仮装リレーは、走る前にくじを引き、自分がどんな仮装をするか決まる。

「……け、剣道着？」

わたしは、引いたくじを見た瞬間、係の人から腕をつかまれ、早技で着替えさせられた。

「お……重っ!?」

剣道着って、こんなに重たいの？

ひとりでひーひー言っていると、仮装リレーは始まった。わたしはチームの中で六番目の走者だ。

「は、はいっ！　浅井っ」

あっという間に、わたしにバトンが回ってくる。わたしは竹刀と面を両手に、走りだした。

け……剣道着、ヤバイって！　重すぎるよ！

「フレーフレー、あっ、さっ、いーっ！」

たっちー、応援団じゃないんだから、その応援は……やめてよ。目立っちゃう。

「浅井、負けるな！」

多くの声援の中、やっぱりあの人の声だけは特別で。どんな状況でも……気づいちゃうんだ。

わたしは、瀬川くんのほうは見れなかったけど、小さくうなずいて、スピードを上げる。

「……つ、次、どうぞっ」

次の走者の元に着き、バトンだけを渡したつもりが、まちがえて竹刀も渡してしまった。

「あーっ！」

気づいて、叫んだときにはもう遅かった。大きな笑いとなり、会場は盛りあがったのだった。

「なにかをやらかすとは思ってたけど、まさか、竹刀まで渡すとはね」

テントに帰ると、麻衣が笑いながら言う。

「でも、浅井らしかったな」

「瀬川くん、それ、ホメてるの？」

わたしがテンション低めに言うと、瀬川くんは笑っていた。

　そんなはずかしい事件も起こりつつ、体育祭は過ぎていき、あっという間にお昼前になった。

「ではこれより、女パラ隊、行ってきまーす！」

たっちーが元気よく声を張りあげる。続いて、気だるそうに立ちあがった瀬川くん。

「カズもやろーぜ」

「俺は絶対イヤだ」

　そして、瀬川くんとたっちーは、テントをあとにした。

「一馬くんは女パラに興味ないの？　高校最後の思い出だから、挑戦すればよかったのに」

「俺はいいっつの」

　一馬くんをからかいながら、スマホで写真を撮る準備をする。

『みなさーん、あと十分ほど、お待ちくださーい！　絶世の美女が、みなさんの前に登場いたしまーす』

張りきるアナウンスの声が、校庭に響く。生徒や観客から、期待の大きな歓声が湧きおこる。

「ねぇ、隣いい？」

「か……楓ちゃん！」

声をかけられ、振り向いてみると、少し日焼けした楓ちゃんがいた。わたしは、あわてて隣を空ける。

「わたしだって、朱希くんを見るんだから。遥ちゃんに負けないんだからね－！」

イヤミじゃない。楓ちゃんの素直な言葉だから、受け止めることができるんだ。

「あ、始まるよ」

麻衣が声を上げ、わたしたちはグラウンドに注目した。

『みなさん、お待たせいたしました！　美女たちの登場でーすっ！』

その声と同時に、アゲアゲの音楽が流れはじめる。

「キャー、ウケるー!!」

「アハハ、かわいい～！」

みんなの歓声の中、最初に現れたのは、ドレスにウィッグをつけた……たっちーと、数人の男子。

「は～い、みんなぁ～！　わ、た、し、に、ちゅうも～くっ♪」

司会からマイクを奪って、観客へ呼びかけるたっちー。一層盛りあがる。……が。

「……ふざけんな、あのバカ」

麻衣さんからは、かなりの殺気が見られます。

「た、たっちー、かわいいじゃん！」

ギロッとにらむ麻衣。もしかして……麻衣、妬いてるのかな？　たっちーが、みんなに人気だから？

……ふふ、たっちーよりも、かわいいじゃん。

それから、後方を見てみると……。

「……わぁ」

数人の女子……の格好をした男子の中、女子の制服をかわいく着こなした……瀬川くんが登場していた。

「わぁーっ、朱希くんだっ！　めっちゃかわいいんですけどっ」

楓ちゃんが、興奮しながら瀬川くんを見る。同じクラスの子はみんな瀬川くんに注目しはじめた。

た……たしかに、かわいい。イヤって言ってたわりには、女装、お似合いじゃん。って、写真撮らなくちゃ。

うわっ。歩き方まで、女の子っぽいよ。わたしも学ばなきゃ……って、んん!?

「「今、カメラ目線でポーズした!?」」

偶然にも、わたしと隣にいた楓ちゃんがハモった。

「遥ちゃんも見たの!?」

「か……楓ちゃんも？」

今、たしかに瀬川くんがお客さんに向かって、ポーズをしていたよね？　女装してるから、キャラがおかしくなっちゃったのかな？

それにしても、瀬川くんに見つめられた女の子……いいなぁ。

……ちょーっぴり妬いちゃってたり。そして、ちょーっぴり、うらやましかったり。

「心配しなくても、大丈夫よ。瀬川くんは、女子を見つめてはいないから」

私がふくれっ面でいると、瀬川くんのほうを見るように言う麻衣。わたしはしぶしぶ、目を向ける。

「うっひゃーー！　朱希かわいいぞっ」

「おーい朱希、こっちにもー！」

瀬川くんは、本当に女子にはしていなくて、見つめられた男子たちが盛りあがっていた。それを見て、ちょっぴり安心。

みんなに、いっぱいサービスする瀬川くん。いつもとは、全然ちがう瀬川くん。

新たな瀬川くんを見れて、うれしいなぁ。こんなにかわいい一面も持ってたんだね。

心の中でつぶやきながら、シャッターを切っていると、いつの間にかわたしたちの近くに瀬川くんがいた。

「キャー、こっち向いてー！」

近くで生徒や外部の女の子たちが騒ぐ。

……わたしのほうも見てくれないかな？

そう思った瞬間、瀬川くんが止まった。そして、こっちを見て、指をさした。

え？　わ……わたし？

「やったぁ！　止まってくれたっ。それに、こっち見てるよー」

うしろから、甲高い声。あぁ……わたしじゃないんだ。自惚れるな、自分っ。

「バカね、どう見てもアンタのためだよ」

わたしの気持ちに気づいたのか、麻衣は言う。ウソ……わたしのために？

『あ、さ、い』

すると、口パクでわたしの名前を呼んだ瀬川くん。びっくりして、心臓が飛び出そうになる。

「どう？　似合ってる？」

そして、今度は大声でそう言った。

「「超かわいいーっ！」」

瀬川くんの問いに、みんなが答える。……ん、あれ？　わたし、瀬川くんに、見られてる？

『どう？』と、首をかしげる瀬川くん。わたしは言葉は出さずに、手で小さく丸を作った。

すると、瀬川くんはパァッと笑顔になり、「サンキュー！」とみんなに伝えた。

そして……照れくさそうにわたしを見て、小さくバイバイをして、走っていった。

「「キャァァ!!」」

女の子たちは、一気に黄色い声を上げる。もちろん、わたしも心の中で、一緒に叫んだ。

せ……瀬川くんが、手を振ってくれた。きっと……いやたぶん、わたしだけにしてくれた。

「遥ちゃん……うらやましいよぉー」

「ほんと。たっちーなんて、男女関係なくニコニコしちゃうんだから」

楓ちゃんと麻衣が、ため息をつきながら、悲しい目でわたしを見てきた。

わたしは胸がいっぱいで、空笑いしかできなかった。

「さてと。わたしはたっちーのところに行こうと思ってるんだけど、遥はどうする？

あ。あそこに瀬川くんいるじゃん」

「あ……うん」

麻衣と別れ、わたしは石段に座っている瀬川くんに、ぎこちなく近づいた。だけど、
瀬川くんの背中しか見えない。

「せ……瀬川くん？」

ひと言、名前を呼んでみた……が、返事はない。

「あ……あの、瀬川く……」

「来るなよ」

「え？」

「……今は、来るな」

頭から顔までを完全にタオルで隠し、瀬川くんは低い声でつぶやく。どうしたの、瀬川くん？

「……ごめん、だって俺……今、超はずかしい……」

「え？　な、なんで？」

「さっき、浅井に……女装してるのを見られちゃったから……」

あ……。その単語を聞いた瞬間、自分の耳が赤くなるのがわかった。

でも、背を向けてタオルごしに謝る瀬川くんの耳は、もっとまっ赤だ。

「……なぁ浅井？」

「な、なに？」

「……嫌いになった？」

「えっ？」

「俺のこと」

わたしは、まばたきをして瀬川くんの背中を見つめた。

なんでそんなこと聞くんだろう？　女装したくらいで、瀬川くんのことを嫌いになるわけがないのに。

「嫌いになるわけないじゃん」

わたしは、背を向けて座っている瀬川くんの隣に、くっついて座った。

本当は、抱きしめちゃいたいけど……はずかしいから。

「……うれしかったよ。わたしのこと、見てくれて」

「……」

「みんなの前で、はずかしいはずなのに、て、て……手を振ってくれて」

何度も噛んでしまった。だけど、瀬川くんに伝えたかった。

わたしの……うれしかったっていう気持ちを。

「それに、わたしの名前も……呼んでくれたもん」

右側に、瀬川くんの背中の体温を感じる。ピクリともしない瀬川くんに、少し不安を感じるものの、この温かさに、安らぎを覚える。

「……浅井のアホ」

「へっ？　な……なんでっ？」

わたしはただ、正直な気持ちを伝えただけなのに。

「だって、そんなこと言ってくれるとか……俺のほうが、うれしいって」

タオルを取り、顔だけをわたしに向けた瀬川くん。

「ねぇ、ギャルの化粧はもう落としちゃったの？　スマホで写真を撮りたいのだけれど」

「残念でしたー。あんなの、いつまでもしとくかっての」

瀬川くんが笑う。

「でも、その代わり……」

そして、パッとこっちを向くと、わたしの手からスマホを取った。

「はい、あーさいっ」

――パシャ。

「はい、初ツーショット。写真、俺にもちょうだいね」

なにをするのかと思えば、瀬川くんがいきなりわたしの肩を引き寄せて、写真を撮った。

「……って、えっ？　ええぇ？」

「掛け声が浅井っていうのが、気に入らなかった？」

「そ……そうじゃなくて……」

「うわっ。浅井の顔、マヌケすぎ。これ、絶対ほしいっ」

撮った画像を見ながら、わたしをバカにする瀬川くん。放心状態が解けたわたしは、その画像を見た。

「うわぁ……ホントだ、かなりマヌケ」

「だろっ？　かわいいんだから、もっと笑えよなーっ」

「……え？」

今、瀬川くん……なんて言った？

〝かわいい〟……？

「せ……瀬川くん、今……」

「え……？　あっ！」

いきなり、瀬川くんの顔がまっ赤になる。自分が言った言葉に……気づいたんだ。

「……もー浅井の顔見れねぇ」

再び、背中を向けた瀬川くん。照れると、背中を向けるんだね。瀬川くん、かわいいなぁ。

「わ……わたしだって、はずかしい……」

「朱希ー！　浅井ー！」

そのとき、タイミングよく、たっちーが飛んできた。

「メシ食いにテント行きたいんだけど、もう話は終わったかっ？」

「い、行こう、瀬川くんっ。お腹空いてるでしょ？」

「あ、あぁ、そうだなっ。テントに行こうぜ」

瀬川くんは、必死で平静を装いながら、たっちーと肩を組んで歩きだす。かなーり、ぎこちないわたしたち。

「アンタたち、変」

やっぱり、麻衣にはお見通しだったみたい。

「あははは……」

「チューでもしたの？」

「す、するわけないよっ」

「だよねー」

クスッと笑って、わたしの手を引いて歩いていく。

それから、瀬川くんたちとは別れ、楓ちゃんと三人でお昼を食べた。

そのあとも、瀬川くんは最後の種目の学年対抗リレーで、アンカーとして素晴らしい追いあげを見せてくれた。

ゴールをした瞬間、飛びあがって喜ぶ瀬川くんは、ちょっぴり子供っぽくてやっぱりかっこよかった。

そして、たくさんのドキドキを味わわせてくれた体育祭は、終わりを告げた。

「ダブル浅井ー、いるかぁ?」

体育祭後、教室に戻り麻衣やクラスメートと盛りあがっていると、須田ちゃんに呼ばれた。

「はい。い、いますけど……どうしたんですか?」

「悪いんだけど、体育祭のあと片付けに行ってくれないか? 体育委員だけじゃ足りなくてさ」

えーっ、なんで?

「めんどくせーな……ほら、遥、行くぞ」

「え? ……う、うん」

わたしは不満でいっぱいだったけど、めずらしく素直な一馬くんに声をかけられ、仕方なくついていった。

本音と溶けるアイス

「……だるい」

「仕方ないじゃん。浅井同士なんだから」

一馬くんとふたりで、体育祭の余韻に浸る教室をあとにして、校庭へ向かう。

「須田ちゃん……人遣い、あらいよぉ」

「……早く終わらせるぞ」

スタスタと前方を歩いていく一馬くん。……もうっ！

「そういえば、女パラのあとは、朱希とラブラブだったみたいだな」

「ラ、ラブラブ⁉」

「朱希の隣に超くっついてたって、クラスのヤツが言ってた。付き合ってんの、バレたんじゃねーの？」

そ、そうだ。あの場には、まだ他の女パラ出場者がいたんだ。

「遥って、ダイタンなんだな」

「か……一馬くんのアホっ」

わたしははずかしくなり、一気に一馬くんを追いこして、前を歩きだした。

そうこうしているうちに、用具室に着いて、体育祭で使った荷物を下ろした。

「さー、残りも取りに行くぞ」

「あ……あのさ、一馬くん！」

「なんだよ。恋の悩みか？」

「ち、ちがうよっ。……進路どうなったのかな……って」

一馬くんの歩く速さが遅くなる。

「本当に、S大に行かないの？　大学でしたいこと、あるんじゃないの？　……K短でいいの？」

「……あぁ、須田ちゃんとの話、聞いてたんだな。あのときも言ったけど、俺は決めたか……」

「それは……本心なの？　自分の意志くらい、強く持たなくちゃ！」

「……なんでそんなこと、遥に言われなきゃなんねーんだよ。関係ないだろ？」

「か、関係ないけど、関係あるんだもん！」

「は？　どっちだよ。意味わかんねーし」

わたしの反論に、あきれたようにため息をつく一馬くん。

「……心配なの」

「は？　なにが？」

「自分のやりたいことを犠牲にしてる一馬くんが、わたしは心配なの」

ただ単に、一馬くんが心配なんだ。

「それは……父子家庭の子へ向けての同情？」

「ちがう！　一馬くんは……性格はよくないけど、ちゃんとわたしに勉強を教えてくれた、大切な友達なんだもん！」

「……友達、か」

空を見あげる一馬くんの目には、夕焼け空の雲が映っていた。

「……俺……S大に行きたいよ」

やっと聞けた、一馬くんの本音。

「資料も隅々まで目を通して、行きたい学部も決まってた。だけど、親父と進路の話題になってさ……」

「うん」

「S大のことを話そうとしたら……親父が言ったんだ。『一馬もいなくなったらさみしいなぁ』……って」

……っ。

「母さんが死んでも、さみしい素振りひとつ見せなかった親父が、そんなこと言ったんだ。だから、俺……S大のことを言えなかった」

一馬くんは、一馬くんなりに苦しんでいたんだ。

「それに、S大は経済面な負担も……な。K短のほうが、断然安い」

「うん」

「親父が苦労していることを知っている。だから俺は……S大はあきらめて、就職の手も考えた。だけど……」

『就職をするには早すぎる。一馬のやりたいことはまだ山ほどあるだろ？　金の心配はいらないから、な？』

一馬くんのお父さんは、そう言ったらしい。

わたしたちは話しながら、いつの間にか、校庭まで辿りついていた。風が、わたしたちの頬をかすめる。

「周りのヤツらが夢に向かってがんばっている姿を見たら、うらやましかった。俺も、S大に行けないかな……って」

「行けるよ！」

わたしは一馬くんの手を取って握りしめた。

「一馬くんがS大に行きたいことを真剣にお父さんに話したら、必ず行ける！」

「保証は？」

「……ない」

「バカじゃねーの？　……でも、心配してくれるとか、うれしいから」

「へ？」

その言葉と同時に、一馬くんとの距離が近くなった気がした。

「こんなバカな女友達は、初めてだっての」

「一馬くん、バカは余計だよ」

「遥は俺より頭悪いじゃん」

「なにー!?　一馬く……」

「ありがとう」

お礼を言われたかと思うと、ポンッと頭をなでられる。

「一馬くんが、お礼……言った」

「俺だって人間だから」

「ぷ……あははっ」

よかった。一馬くんはちゃんと、自分の意志を伝えることにしたみたい。どうか、無事に伝わりますように。

「遥、遅かったじゃん」

「麻衣ぃー、もう手が痛いよー」

道具を運び終わって教室に戻ると、自由解散だったのか、クラスメートは半分に減っていた。

「今日、体育祭の打ち上げがあるみたいだけど、遥行くよね？」

「打ち上げ？　んー今日は疲れたし、行かな……」

「瀬川くーん、遥行くって」

たっちーと話をしていた瀬川くんが、チラッとわたしのほうに顔を向けた。

「ま……麻衣ぃ⁉　わたし、言ってないよ⁉」

「瀬川くんも行くから、いいじゃない？　彼氏が行くのに、行きたくないの？」

「……行かせていただきます」

「じゃ、あとで。いったん家に帰って、花火大会の待ち合わせ場所に六時半集合ね」

麻衣はたっちーを連れて、教室をあとにした。

わたしも帰って準備しなくちゃ、と、支度をしはじめる。そして、ちょっぴり瀬川くんを見てみた……けど。

一瞬、目が合ったと思ったのに……すぐに逸らされ、瀬川くんはまた、みんなとの会話に戻ってしまった。

あれ？　気のせいかな？

なんか……ちょっとショック。

でも、気づかなかっただけだよね。

それに、教室に残ってたから、わたしを待っててくれたのかなって、少し期待しちゃったんだけど。

って……わたし、なに考えてんの!!

自分がはずかしくなったわたしは、そそくさと教室を出た。


「なに焦ってんの？」

下駄箱で声をかけてきたのは……瀬川くんではなく、一馬くんだった。

「そんなに、朱希のこと考えてたのかよ」

「ハ……ハズレではない――」

「あぁ、もうっ！　それなら、朱希んとこ行け」

「だって瀬川くん、教室で……」

「そこにいるけど」

え？

あわてて振り返ると、一馬くんの言うとおり……瀬川くんがいた。

「じゃ、俺は帰るからな」

わたしと瀬川くんを残して、一馬くんは帰っていった。

「……浅井」

「は、はいっ」

「今日、打ち上げ来るの？」

「あ、うん、行こうかなって考えてるけど……」

「……よかった」

ちょっぴり照れながら、わたしから視線を逸らす瀬川くん。

「せ……瀬川くんも、来るの？」

「健真んちの店だからって、強制的に参加なって。でも、浅井が来るなら……強制じゃなくても……行くし」

「わ……わたしも……せ、瀬川くんが来てくれるなら……い、行こうかなって……」

「あ……ありがとうな」

「わたしこそ……あ、ありがとう」

おたがい、もじもじしながら、うつむいてしまった。沈黙が続く。だけど……この沈黙は、イヤじゃない。

素直な気持ちを瀬川くんに話すことは、はずかしいけど、胸がポカポカして、うれしいから。

「じゃ、また打ち上げで！」

そして、瀬川くんとさよならをして、学校をあとにした。

そのあと、瀬川くんに会うんだと思って私服を選んでいたら、すっかり準備に時間がかかってしまった。

走って待ち合わせ場所に着き、息を切らしながら周りを見てみたけど……麻衣はいない。

「あれ？　ここって言ったよね？」

先に来ているはずなのに……おかしいな。キョロキョロしていると、うしろから肩をたたかれた。

「は、はいっ！」

振り向いて、びっくり。全然予想外の人が、そこにいたから。

「よっ、浅井！」

わたしの目の前には、瀬川くんがいた。

「え？　せ……瀬川くんが、なんでここに？　家、ちがう方向……」

「とりあえず、打ち上げまでの時間がヤバイから、急げっ！」

わけがわからないまま、瀬川くんに手を引かれて、早歩きになる。ん？　手……つないでる。きゃっ。

「ごめん。俺が永納に頼んで、ここに来た。その……やっぱり、浅井に謝りたくて」

「え？」

「……実は……モヤモヤ、してさ」

「え？」

すると、瀬川くんは立ち止まって、振り返った。

「体育祭が終わってから、カズと仲よさそうに雑用させられてたじゃん。俺……ムカついて」

一度視線を落としてから、もう一度わたしを見た瀬川くん。

「……放課後、浅井と目が合ったとき……目を逸らした。ごめん」

あのとき……わたしのカンちがいじゃなかったんだ。

「本当は、さっき下駄箱で、謝ろうと思ったんだけど……なかなか言えなくて」

「ううん。今……こうして言ってくれて、うれしい。ありがとう」

うん、と言い、わたしの手を引いて前に向き直し、歩きだした瀬川くん。

「……でも、浅井が悪いんだからな」

「……？」

「不安になるくらい……カズと仲がいいから」

「全っ然仲よくないよっ！　一馬くん、かなり毒舌だし。瀬川くんとのことも……

あっ……」

「俺のこと？」

「あはは……たいしたことじゃないよっ」

「なんだよー。気になる！」

言えないよ。瀬川くんとのことを、からかわれてる……なんて。

「せ……瀬川くんには、はずかしくて言えない」

「……ふーん、そうなんだ？」

スネてる瀬川くんが、ちょっぴりかわいかったから……つい、口が動いた。

「せ……瀬川くんが好きってことを……からかってくるんだけど、反論できないの。

ね？　たいしたことないでしょ？」

言った。……言ってしまったよ。瀬川くんの顔が見れず、わたしはうつむいて歩く。

「……たいしたこと……だし」

だけど、瀬川くんは言った。

「浅井……うれしすぎるんだけど」

「へ？　……って、わぁぁぁっ」

その瞬間、瀬川くんは手をつないだまま、走りだした。わたしの足は、もつれてしまう。

「せ……瀬川くっ……」

「浅井の口からそれ聞けて、超うれしいんだけどっ」

「わわわ、わかったからぁぁ……」

「ダメだ、走りたいっ」

それから、お店に着くまで全力疾走で駆けていった。

わたしはヘトヘトになりながらも、瀬川くんの手だけはつかんだままだった。

うれしかったよ。人が見ていても、手を離さないで走ってくれたこと。

幸せを感じることができたんだ。

「アンタたち、なにがあったの？」

〝さくら花〟に着いた、汗だくなわたしと瀬川くんを見た瞬間、麻衣の口から発せられた言葉。瀬川くんと顔を見合わせて苦笑するわたし。

それから、瀬川くんはたっちーに連れられて、先に店の中へと入っていった。

「瀬川くんと、大丈夫だった？」

麻衣……心配してくれていたんだね。

「あ、うん。素直に話すことができましたっ」

「それはよかった」

中に入ると、クラスメートがほぼ全員、揃っていた。さすがたっちー。

「じゃあ、カズがまだ来てないけど、カンパーイ！」

たっちーの言葉で乾杯をしてから、わたしは麻衣にたずねた。

「一馬くん、どうしたんだろうね？　来ないのかな？」

「来るときゃ来るわよ。そんなに一馬くんばかり気にしてると、旦那が怒るわよ」

「だ……旦那って……はずかしいから、やめてよっ」

「もう……遥、そろそろ胸張りなよ？『瀬川くんはわたしの彼氏よ！』って」

「い……今のままでいいよ」

「楓みたいに瀬川くんを狙う女の子も、少なくないのよ。とくに、今日の女パラを見たでしょ？」

不敵な笑みを浮かべた麻衣に寒気を感じ、近くにあったオレンジジュースを一気に飲みほす。

「あのかわいさに、やられた女子は多し。体育祭後、瀬川くんに駆けよる女子を何人見たことか」

麻衣はじろーっとわたしを見て、唐揚げをひと口でぱくりと食べた。うぅ……そんなこと言われても。

「ねぇ、遥は浅井くんのこと、気になったりしてる？　自分の気持ちが揺れることって、ある？」

いきなり、意味深な質問を突きつけられて、わたしは思考停止した。

いつになく真剣な表情をした麻衣が、わたしを見る。

「あ、あるわけないよ。わたしは、瀬川くんだけが……」

「そうよね。ほら、浅井くん来たよ」

麻衣の言ったとおり、一馬くんが登場した。瀬川くんとしゃべりながらたっちーの元へ向かっていく。

「……麻衣」

「ん？」

「なにかあったの？」

おかしい……なんか、おかしい。麻衣がいつもの麻衣じゃない。

「遥……ちょっとだけ、外まで付き合ってくんない？」

麻衣からこんなことを言いだすのは、めずらしい。やっぱり、わたしのカンは当たっているのかも？

わたしたちは、ふたりで〝さくら花〟の外へ出た。

「……あのね、元カレと会ったの」

「……え？」

夜風が麻衣の言葉をわたしの元へ運んできたかのように、麻衣のセリフが、ゆっくりと聞こえた。わたしは、迷わず麻衣を見る。

「今日……体育祭に来てた」

麻衣の横顔がなにかを語っている。

「まだ、好きだって言われた」

遥、わたしを助けて……って。深刻そうな横顔からそう聞こえた気がした。

「『あのときは悪かった。……だけど、まだ永納が好きだ。もう一度付き合ってくれ』って」

いつか、言ってたっけ？　中学のとき、彼氏がいたって。たっちーが、すごく妬いていた気がする。

「わたしは、もちろん断った。わたしには、たっちーがいるから」

告白を断ったわりには、浮かない顔をしている麻衣。

「だけど……」

「だけど？」

「打ち上げに来る前に、偶然また会って。元カレが悲しい顔して近づいてきたと思ったら……キスされた」

「……っ⁉」

「わたしは、すぐに離れた。だけど……イヤじゃなかった」

麻衣の浮かない顔の理由がわかった。だけど、わたしは一点を見つめたまま、動けない。

だって、そこには、わたしたちを追いかけて急いでお店から出てきた、たっちーの姿が……。

「最低なことをしたのは、わかってる。だけど、元カレを好きだった気持ちを思い出しちゃったの」

麻衣は気づいているの？

たっちーが、わけもわからずこっちを見ていることを。

「どうしよう……遥」

「麻……」

「どういう……こと？」

遅かった。麻衣に伝える前に、たっちーが動いたのだ。

「た、っちー？」

「ふたりがいなくなったから、来てみたら……なんか、わけわかんないんだけど……

今の話、なに？」

「た、たっちー、あのね……」

「遥、これはわたしが言うから」

麻衣にストップをかけられて、わたしは口を閉じた。

「……たっちー、わたし、今日、元カレに会って……キスされた」

たっちーの顔色が変わる。

「永納は……拒まなかったのか？」

「……ごめん」

いつもはツンとして前を向いている麻衣が、うつむいている。たっちーは、驚きを隠せない様子。

「……ごめん。俺……頭が悪いから、今、頭ん中の整理ができないみたい」

そう言い残して、たっちーはわたしたちの前から走り去った。わたしが呼ぶ声にも、耳を傾けない。

「……最低だ、わたし」

麻衣が涙をこらえるような顔で、座りこんだ。

「わたしが悪いんだ。わたしの気持ちが、少しだとしても元カレに揺れたから……どうしよう」

麻衣の肩が震えている。わたしは優しく肩をなでる。

「大丈夫だよ、麻衣。きっと大丈夫だから。……ね？」

「遥……」

「だから……落ちついたら、ちゃんと話をしなくちゃね」

うんうんうなずいて、わたしの服に顔を埋めた麻衣。わたしは、麻衣を優しく包みこんだ。

「大丈夫、麻衣のそばにずっといるから」

今まで、麻衣に支えてもらった分……今度はわたしが、支えるからね。

「浅井っ！」

振り返ると、瀬川くんと一馬くんが立っていた。

「健真が、すっごい動揺しながら二階に行ったんだけど、なにかあったのか？」

「てか、永納も……いったい、どうしたんだよ？」

わたしは深呼吸をしてふたりに伝えた。

「これはふたりの問題。だから……わたしたちは、なにもしないほうがいいよ」

「でもっ……」

「わたしは、麻衣のそばにいるから、瀬川くんと一馬くんは、たっちーのそばにいてあげてくれる？」

これがいい対応なのかは、わからない。だけど、ふたりが望む以上に首を突っこむのは、よくないと思うんだ。

瀬川くんと一馬くんはうなずいて、中に戻ろうとする。

「あ、それから遥」

だけど、その前に、一馬くんに呼び止められた。

「遥のおかげで、ちゃんと親父に話せたから」

「えっ？　本当？」

「あぁ。俺、S大行けるかも」

いつもは見せない、うれしそうな表情を浮かべた一馬くん。

「そっか。よかったねっ」

「カズ、それなんの話だよ？」

「朱希にも話すから」

そして、瀬川くんと一馬くんは、たっちーの元へ。

「瀬川くん、妬いてたね」

少し落ち着いた様子で、麻衣がわたしに言う。

「え？　妬いてたっ？」

「どう見ても。浅井くんと遥の秘密が、気になるんじゃない？」

「一馬くんの夢を、あと押ししただけなんだけど……」

「彼女には、自分だけを見てもらいたいものじゃない？　でも、わたしは……たっちーだけを見れていない。ごめん。今日は打ち上げなのに、付き合わせて」

「かまわないよ。それに、ほっとけないもんっ」

「……バカ。じゃ、そんな遥にいいこと教えてあげる」

「え？　なにっ？」

「あのね、瀬川くんが女パラに出た理由は、遥のためなんだって」

「え？」

「自分のいろんな面を遥には見てほしくて、女装でポーズとかも、がんばってたみたいよ」

ウソ……瀬川くんが？

「まぁ、本人から口止めされてるから、心にしまっといてよ」

わたしは、照れながらも静かにうなずいた。

それから、わたしたちは打ち上げに戻ったけど、たっちーの姿はなかった。

「相当落ちこんでる」

たっちーから理由を聞いたのか、瀬川くんが、いつの間にかわたしの近くに来てボソッとつぶやく。

「そうだよね。だって、まさか麻衣が……」

「待って。健真じゃなくて、自分のことなんだけど。浅井のことで」

「わ、わたしっ？」

少しスネたような表情を見せて、口を開いた瀬川くん。

「……カズとのこと」

「か、一馬くんとは、ただ進路の話をしていただけだよ。べつに、変な意味はないし……」

「そーそー。俺の進路相談に乗ってもらっただけ」

すると、一馬くんが現れて、気だるそうに瀬川くんの隣に座った。

「それに、俺の好みは、誰かさんとは正反対な、ナイスバディなオネェサンだから」

「……ちょっと、ナイスバディじゃなくて、すみませんねー」

いーっと一馬くんにしてみせたけど、フンッと笑い飛ばされてしまう。

「まぁ、ナイスバディは男の夢だけどなぁ……」

「ち……ちょっと瀬川くんまでっ」

そんな冗談を言いあいながらも、わたしは気づいた。瀬川くんが、楽しそうじゃないことに。

『瀬川くん、妬いてたよね？』

さっきの麻衣の言葉が、頭をふとよぎった。もしかして、今も妬いてくれてるの……かな？

一馬くんとのこと、本当に気にしているのかも。

カンちがいかな？　ううん、でも、ちょっぴり期待しちゃうよ。

「遥、わたし一馬くんといるから、瀬川くんと外行ってくれば？」

そのとき、麻衣から助け船が出された。

「浅井、外行くぞ」

答える前に、瀬川くんにぐいっと腕を引っぱられて、部屋を出たわたしたち。クラスメートからは、『あのふたりが……？』と、どよめきが。

「せ……瀬川くんとこうやっていたら、みんなに……」

「俺は、バレてもかまわない。ていうか、バラしたいから」

「えっ？」

「……浅井に告白するヤツが、現れないようにするため」

目を全開にして、瀬川くんを見る。

「浅井は鈍感だから、なにも気づかないんだよ。男子のなかでけっこう浅井のことイイって言うヤツ、多いんだぞ」

そう言って、近くのベンチに座った瀬川くん。わたしも隣に座った。

「……瀬川くんこそ、鈍感だよ。三年間、わたしの想いに気づかなかったんだし」

「だって、あんなことがあったら、嫌われてるって思うだろ？」

「そ、そんなこと。逆に、どんどんす……」

「す？」

「……きに、なっていったもん」

「言い方、変」

「笑わないでよっ」

ふたりで笑いながら、並んでいる自分の足と瀬川くんの足を見比べてみた。やっぱり、瀬川くんの足は大きい。

「カズ、よかったな」

「うんっ。やっぱり、自分の行きたい道に進まなくちゃダメだよ。今しか、ワガママは許されないっ」

「じゃあ、俺から浅井に、ワガママ言っていい？」

「え？」

瀬川くんからのワガママ？　きょとんとしていると、瀬川くんの目がわたしをとらえた。

「浅井……」

「えっ？　えええ？」

ドッキンバックン。心臓は一気に、工事現場のように、あわただしく鳴りはじめた。

……これってこれってー⁉　あの……い、いわゆる……ち、ち、チューにつながっちゃう感じ⁉

「みんなに付き合ってること、言おっか」

「へ？」

そう言ってさっと立ち上がった。そして、わたしの手を取り、再び部屋へ向かった瀬川くん。

え？　……ん？　さっきのは、なに？

「あれ？　浅井、なんかカンちがいした？　顔赤いけど……」

「あ、赤くなんてないっ」

そうして、また冗談を言いあってから、部屋に戻った。

――ガラッ。

襖を開けると、みんなが一斉にこっちを振り向く。

こ……怖いよ。

「俺、浅井と付き合ってるんだ！」

　そんな中、瀬川くんはみんなに向かって告げた。シーンと、沈黙が流れる。そして、わたしも口を開こうとした瞬間……。

「「「おめでとうっ!!」」」

　みんなの歓声が、部屋中に響き渡った。

「どーりで、怪しいと思ったぞっ」

「言われてみれば、朱希くんって、遥のことばっかり見てたもんね」

　周りの子たちが一気にざわざわと騒ぎだす。え？　瀬川くんが？

「浅井ー！　黙ってたけどな、朱希から、告白するにはどうしたらいいか相談されてたんだぞっ」

「そ、そうなの？」

　ひとりの男子が、わたしへ向かって言った。瀬川くんを見ると……まっ赤っか。

「……浅井、忘れて」

　ウソ。そんなことがあったなんて。

「まぁ、ふたりが付き合えたのは、わたしのあと押しのおかげじゃないのーっ？」

　誰かと思えば……楓ちゃんだった。

「じれったすぎて、見てるこっちがイライラしちゃった。だーかーらっ、わたしが瀬川くんにフラれてから、あと押ししたの、ねっ、瀬川くん？」

「楓ちゃん……」

自分がフラれたことまで、暴露するなんて……。これはわたしがいい女ってことを、アピールしてるだけだから！」

「あ、遥ちゃん、カンちがいしないでね？　これはわたしがいい女ってことを、アピールしてるだけだから！」

みんなが一斉に、大爆笑。男子は「ホレたぞー、橋本！」と、女子は「意外な一面にびっくり」と、楓ちゃんを見直していた。

「これって……いい方向に向かってるのかな？」

「……たぶん、な」

「おーい、みんな！　朱希と浅井カップルの、クラス公認を記念して、俺んちからサービスだよっ」

すると、たっちーが部屋に入ってきた。

表情にさっきまでの動揺はなく、アイスを両腕にかかえて、ニコニコしている。

「橋本ー！　いい女のお前は、女子に配れっ。俺は、ヤローどもに愛を込めて配るからな！」

「わたし、雑用ー!?　最悪っ」

わたしがすかさず麻衣を見ると、麻衣は困惑した表情でたっちーを見ていた。

「ま、麻衣っ」

「たっちー……わざとだ」

「え？」

「いつもなら、自分でみんなに配るはず。女子には……わたしがいるから、自分で配らなかったんだ。わたしと……話したくないから、なんだよね」

楓ちゃんから渡されたアイスをギュッと握りしめて、さみしげにたっちーを見つめている麻衣。

たっちーは、その視線に気づかないで、男子に笑顔でアイスを配っている。

きっと、たっちーは必死なんだ。自分を保つために、必死に笑顔でいるんだ。でも、いつもの笑顔じゃない。固くて、どこかぎこちない笑顔。麻衣もきっと、気づいているはず……。

それからもわたしは、ずっと麻衣の視線だけを気にしていた。

じわじわと溶けてなくなるアイスのように、麻衣とたっちーの気持ちも、じわじわとなにかに蝕まれている気がする。

なにもしてあげられない自分が、くやしい。ふたりの心をのぞいて、修復できたらいいのにな。

「……アイス、食べなきゃ」

ふと、思い出したように、麻衣が言った。

「……冷たい」

アイスのことなのか、たっちーのことなのか、それとも麻衣自身のことなのかはわからない。

今日のことは、麻衣自身も予想していなかったはず。いきなりのキスで、昔の記憶がよみがえったんだ。

わたしも、もし麻衣と同じ立場だったら、どうしていたんだろう?

晴れることのないモヤモヤをかかえたまま、わたしも冷たいアイスを口に運んだ。

あと押しと約束と月

「麻衣、どうだった？」

「うん……音沙汰なし」

体育祭の次の日は振替休日で、学校は休みだった。翌日、学校でさっそく、麻衣にたっちーとのことを聞いてみたけど……いい結果ではなかった。

「昨日、話がしたいってメールはしたけど、返信はなかった」

「そっか……。ねぇ……麻衣はたっちーになにを話すの？」

「わたし、やっぱり、たっちーのことが好き。だから昨日は、許してもらうことだけを考えてたんだけど、それでいいのかなって……。悩んだけど、わたしはこれ以上たっちーのそばにはいられないって思った」

「そ、それって……」

「うん。別れようと思って」

悲しそうに笑う麻衣。

教室にいる、たっちーに目をやる。

たっちーは、打ち上げの日と変わらず、仮面でも被（かぶ）っているかのような笑顔で、男の子と話していた。

「たっちー、ちょっと来て！」

「あ、浅井？」

「ちょーっとだけ、たっちーと話がしたくて！　まだ授業が始まらないから、中庭行こうよっ」

そして、強制的に、たっちーを連れだした。

ベンチにたっちーを座らせ、話を切りだす。

「大丈夫？」

「あぁ……お空からお迎えが……」

「はいはい、冗談はよして正直に答えてください」

「……大丈夫なわけねーよ」

たっちーの表情からは、本当につらそうな心境が伝わってきた。

「みんなの前では、明るく振るまえんるのに……永納の顔だけ、見れない。……すぐ避けちゃうんだ」

たっちーの言葉を受け止めながら、わたしも隣に腰を下ろした。

「べつに……恨（うら）みたくないけど、どうしても許せなくて。永納も……自分自身も。だから、昨日の永納からのメールも、返信できなかった」

こんなに真剣に悩んでいるたっちー、初めて見たよ。

「あのさ、永納……泣いてた？」

「え？」

「打ち上げのとき、俺がいなくなったあと……泣いてた？」

「ううん、泣いてないよ。でも、我慢してた」

「……そっか」

あのとき、麻衣は涙を見せなかった。だけど……心は泣いていた。

「麻衣と……話しあわなきゃね？」

「でも……」

「こんな関係、よくないよっ」

今のままじゃ、いけない。たっちーだけじゃなくて、麻衣も……崩れちゃう。

「……立場が逆って、ウケるな」

「え？」

「いつもなら、永納や俺が浅井のことをあと押ししてやるのに、今回は逆に応援してもらってさ」

「わたしだって、たまには……」

「朱希が浅井を好きになったの、わかる気がするかも」

へへっと笑って、わたしを見たたっちー。

「よしっ、ちゃんと永納と、向き合って話すよ。逃げないで、永納の目を見る！」

徐々に、いつものたっちーが出てきた。よかった。しょげてるたっちーは、たっちーじゃないもん。

「……なぁ浅井、でも、永納は俺と別れるつもりなんだろ？」

「え……」

いきなり立ちあがったたっちーが、切なく笑ってわたしを見る。たっちーは、麻衣の気持ちに気づいていたんだ。

「だけど、俺は別れる気はない。それに、元カレとキスしたって、俺とその何倍も何十倍もキスすればいい！　……初チューもまだだけどな」

「わーヘンタイ参上だー。麻衣に嫌われちゃえー」

「おいっ！　応援してくれよーっ」

「ヘンタイの応援をする気はありませーん」

……ウソだよ。

麻衣とたっちーのことを応援しないわけないじゃん。

「あっ！　ひとつ言いたいことがあるんだけど」

「な、なにっ？」

教室へ戻る途中、たっちーが突然切りだした。

「『あんまり、カズと仲よくしないでほしいんだけど……』」

え？

「『あのふたり見てると、気が気じゃないんだよな』」

「へっ？」

「以上、朱希のある日のつぶやきっ！　あと押ししてくれたお礼だっ！　あんまり妬かせるなよ、アイツ、浅井ひとすじだから」

……ドキッ。

浅井、ひとすじ……。

「なにを話してたのかな？　答えてくれるよね、遥ちゃん」

教室に帰り、HRが終わると、さっそく麻衣にせまられた。

「どうせ、わたしとたっちーのために、ひと肌脱いだんでしょ？」

「ひ……ひと肌脱ぐまではいかないけど、まぁ……近いかな」

「……今日話せるか、たっちーにメッセージ送って聞いてみる。……直接は、なんとなく気まずいから」

いつになく弱気な麻衣に微笑んで、がんばれ、と告げた。

それから放課後まで、麻衣は強張った顔を崩さず、たっちーはそわそわして、落ちつかなかった。

「じゃ、ね、はる、か」

「麻衣、大丈夫？」

「ダイジョブ……じゃない」

見ていればわかるよ、と、優しく麻衣の肩をたたく。

麻衣とたっちー、考え方はちがうけど、好きって気持ちは同じなんだ。

「じゃあ、わたし行くから」

ふたりがぶつかりあってもいいので……いい方向に進みますように。

「浅井、面接の練習に行くか」

「うん」

そして、わたしと瀬川くんは、職員室で面接の練習をすることにした。

受験本番に向けて、筆記試験の勉強はもちろん、学校ではいろいろな先生にお願いをして、面接練習を積み重ねているわたしたち。

だけど、今日は麻衣たちのことばかり考えてしまい、指摘されることが多かった。

「今日、面接練習ボロボロだったよ」

帰りがけに、そう言った瀬川くん。

そっか。瀬川くんも集中できなかったんだ。

「大丈夫かな、アイツら」

ちょっぴりオレンジ色に染まる校舎を背に、瀬川くんがまたポツリとつぶやいて、わたしも考えこんでしまう。

「あんなことがあったし、そう簡単にはいかねーのかな？」

考えても、なにもわからない。だけどわたしは、大丈夫だって、信じてる。

「あのさ、おたがい受験がんばろうな！」

歩きながら少し沈黙が続いたあと、瀬川くんが口を開いた。

「うんっ。志望校に絶対合格！」

「おう。それでさ、おたがい受験が終わったら……デートしようか？」

「う、うんっ！」

瀬川くんと、デートの約束。実現したら、付き合って初めてのデートになる。中学のときも、デートはしたことなかったから。

受験のことを優先で考えなきゃいけないんだけど……やっぱり、楽しみだなぁ。

「で、モメたけど最終的には……別れないことになったから」

次の日の朝、わたしと麻衣、それに瀬川くんとたっちーの四人で集まって、昨日の報告を聞いた。

「本当にっ⁉」

「マジだよっ。俺の熱い想いが伝わったんだよなーっ！」

たっちーは、偽りじゃない、本当の笑顔に戻っている。

「健真がしつこくて、ウザかったんじゃない？」

「瀬川くん、わたしの心情がわかってるじゃん」

瀬川くんと麻衣も、そんなふうに言いながらもうれしそう。

「遥がいたから、わたしも素直に話すことができたの。だから、感謝してるよ」

「俺も、感謝してる！　浅井と朱希のおかげで、麻衣といい関係に戻れたようなもんだし！」

「ん？　ちょっとストップ」

わたしは、微妙な違和感を覚えて、たっちーを見た。

「今、麻衣のことを、名前で……」

「あぁっ！　浅井は気づいてくれたんだな。そうなんだよ！　実は俺、麻……」

「名前で呼ぶ！ってウルサイから、仕方なく承諾したわけ。わたしは変わらないよ？

今さら変えるなんて面倒くさい」

「でも、結婚するときには、呼び名変えろよ？　たっちーって、名字の立花からきてるし！」

「必ずしも結婚するって決まってないから」

「俺はそのつもりなのにぃ！」

ふと、瀬川くんと目が合い、『よかったね』と小さく笑いあう。

麻衣とたっちーは飲み物を買いにいくと言い、また冗談を言いあいながら、教室を出ていった。

んーっと伸びをして、窓から朝の光を浴びる。

「そういえば、浅井、試験いつ？」

残された瀬川くんが、わたしに問う。

「来週の土曜。瀬川くんは？」

「マジ？　俺、浅井の一週間後」

安心したのは束の間、わたしの頭は進路へと向かう。

それから一週間、最後の追い込みで、毎日面接の練習をした。

そして、ついに受験が明日に迫った、金曜日の夜。

『もしもし、浅井？』

瀬川くんから、初めて電話が来た。

『も……もしもし』

『浅井、元気ねーぞ？　まだ震えてんのか？』

いつもとちがう瀬川くんの声が聞こえて、ドキドキしたけど、緊張には敵わない。

『だ……だって、緊張がおさまらなくて……』

『浅井なら、大丈夫だって！　よし、浅井に緊張をほぐすおまじないを特別に教えてやるよ』

おまじない？　首をかしげて、瀬川くんの言葉を待つ。

『……窓から月を見てみろよ』

頭にたくさんのクエスチョンマークを浮かべながら、月を見あげた。

『月、見てるか？』

『……見てるけど、なんで？』

『月って少しずつ形が変わるだろ？』

たしかに、数日前に見た三日月より、少しふっくらしている気がする。

『浅井だって、日々変わっていったよ。いっぱい面接の練習もこなしてたじゃん。だから自信もって！　な！』

『明日は、深呼吸してリラックスして挑めよ？』

『う……ん、わかった。ありが……』

え？

月から徐々に目線を下ろしてきたとき、家の前に人影があることに気づいた。

背を向けているけど、あの姿はまちがいなく……。

『ねぇ……せ、瀬川くん』

『あ、もしかして、バレた？』

『ち……ちょっと待ってて！』

わたしはスマホを持ったまま、あわてて外に出た。

『な……なんでいるのっ？』

『あーもう……かっこわりぃ』

目の前にいるのに、電話ごしで話すわたしたち。

『せっかく、浅井に会わないで帰るところだったのに、気づかれるとか……ダサいんだけど』

『ううんっ。全然ダサくない！　わたし、うれしいもんっ』

『そっか。緊張……ちょっとはほぐれたか？』

『せ、がわくん……』

『へ？　あ、うんっ』

わたしは、すっかり肩の力が抜けていた。

「じゃあ……」

そう言って、スマホをポケットに入れてわたしに近づいてきた瀬川くん。

え⁉　なになになになにー⁉

「はい、がんばれるおまじない」

——コツン。

わたしのおでこに、瀬川くんのおでこがくっつく。瀬川くんとの距離が、一気に近くなった。

おでこをくっつけてくれただけなのに、パワーがみなぎったみたい。

そして、わたしたちは、そのままの体勢で笑いあった。いつもより近い距離に、ドキドキしながら。

「き……来てくれて、ありがとう」

「いいえ。浅井のためだから」

「わたし……が、がんばってくる」

最後にスペシャルサービスで、頭をなでてくれた瀬川くん。

これで、明日は大丈夫って気がするよ。

そして、試験当日を迎えたわたし。朝ごはんをしっかり食べて、試験に挑んだ。

筆記試験は……なんとも言えない手応え。だけど、悔いはなかった。そして、いっぱい練習してきた面接も、やっぱり緊張したけど、自信を持ってのぞめた。

無事、合格しますように、と、強く……強く祈って、わたしはK大をあとにした。


「浅井、おめでとう！」

一週間後、須田ちゃんに呼ばれて職員室に行くと、祝福の言葉が待っていた。

「無事合格したぞ！」

「ほ……本当ですか⁉」

「あぁ。ひと安心だなっ」

やった！　わたし、K大に合格したんだっ！

大急ぎで教室に向かい、麻衣の姿を見つける。

「えっ？　遥、おめでとう！」

いつもはしないハグ付きで、麻衣は祝福してくれた。

「浅井ぃーおめでとーう！」

「がんばったなっ」

クラスみんなの温かい空気の中、たっちーと瀬川くんからも祝福の言葉がもらえて、さらにうれしくなる。

「やったじゃん、遥」

一馬くんからも、そんなお言葉が。

「うんっ。よかったぁー」

「でも、まだ安心はできない。明日は朱希、明後日(あさって)は俺の試験だぞ」

「あっ、そうだよ！　瀬川くんは明日なんだっ。……って、一馬くん明後日なの？」

「まーな」

わたしは、一馬くんのS大合格を祈った。


『が……がんばって、ねっ！　応援……してるから』

『応援してるわりには、弱気な声だけど？』

『な……なんか緊張しちゃって』

『あはは、なんで浅井が緊張すんだよ！』

その日の夜、わたしは自分から初めて、瀬川くんに電話をした。

『浅井の声が聞けてよかった。リラックスして眠れそうだよ』

やっぱり、瀬川くんも緊張してるんだよね。……よぉし。

『ねぇ、せ……瀬川くん、月見て！』

『え？　なんで月？　……って、まさか浅井……』

『え、へへ……』

瀬川くんはあわてて電話を切り、外に出てきた。

「浅井、バカだろっ？　こんな時間に外にいたら、風邪引くっての！」

「大丈夫だよ。そんなに寒くないから」

そう、わたしは瀬川くん家の前まで来ていたのだ。瀬川くんも来てくれたんだから、わたしもって思って。

「冷えてる！……だから電話ごしの応援も、か弱い声だったのか？」

「あはは、バレちゃってた？」

「バカ。早く帰るぞっ」

ガシッと腕をつかまれて、わたしを家へと連れていく瀬川くん。

「絶っ対、風邪引かないようにしろよ？」

歩いているときも、瀬川くんは受験のことなんて忘れたかのように、わたしの心配ばかり。

「……でも、来てくれてうれしかった。浅井が来てくれるなんて、思ってもなかったから」

「あ……う、うん」

「だけど、ひとりで来るのはあぶないから、これからはこんなマネすんなよ？」

「でも……」

「なにかあったら、俺が浅井んとこに行くから。な？」

コクンとうなずく。

そして、いつの間にか、家の前に着いてしまっていた。

「今日はありがとな！　じゃあ……」

「待って、瀬川くん！」

勢いよく呼び止めて、瀬川くんの腕をつかんで、わたしのほうへ引き寄せる。

「……あ、明日はがんばってね。応援してるっ」

わたしは、瀬川くんみたいにおでこを合わせるのは、はずかしくてできっこない。

だから、代わりに……いっぱいいっぱい背伸びをして、瀬川くんの耳もとでつぶやいた。

「浅井……」

でも、体温が一気に上昇して、すぐに瀬川くんから離れてしまう。

「わ、笑わないでねっ。これが、わたしには限界で……」

「……超はずかしいんだけど」

「え？」

笑うどころか、耳までまっ赤っかにして、目線を逸らす瀬川くん。

「……お前、かわいすぎ」

か、かわい……っ！　きゅ〜〜ん！

もう受験が終わっててよかった。だって、受験前に瀬川くんからこんなこと言われてたら……勉強なんて、手につかないもん。

「あ……う……あの……」

「と、とりあえず、今日はありがとう！　明日、がんばってくるっ」

「あ、はい。ま、たねっ」

ぎこちなく、会話を交わしたわたしたち。瀬川くんは、何度も振り返りながら帰っていった。

そして、一週間後。

「……合格した！」

瀬川くんは、見事N大に合格した。うれしそうに合格通知を眺める姿を見ていたら、麻衣が頭を小突く。

「浅井くんも戻ってきたわよ」

無言で教室に入り、誰の元にも行かずに自分の席に向かう一馬くん。

……も、もしかして？

イヤな予感がして、あわてて一馬くんの元へ駆けつけた。

「か、一馬くんはどうだったの？」

「あぁ、遥か」

そう言った直後、右手で自分の顔を隠した一馬くん。ウソでしょ？　一馬くんが落ちた……？

「ちょ……その封筒貸してっ！」

有無を言わせずに、一馬くんの机にあった封筒を奪い取って、中身を見る。

すると……。

『合格通知、合格者へのご案内』

開いた口が塞がらなかった。

「ヤベェうれしい。それに、特待生で、学費もかなり免除されるんだ」

……！

一馬くんは、笑っていた。右手で顔を隠しながら、照れくさそうに喜びを噛みしめていた。

「ご、合格してるじゃん」

「してたら悪いのかよ」

「だって、無言で悲しそうに、教室に来たじゃん……」

「俺が、たっちーみたいに飛びはねるキャラだと思う？」

いいえ、思いません。

でも、一馬くん、本当にうれしそう。

「よかったなぁ、カズ！」

「ったく、心配させて。落ちてたら、どう声かけようかと思ったよ」

「俺が落ちるわけねーし」

そこで、やっとクラスの張りつめた空気が溶けた。

「よーし！　わたしたち、一般入試組もがんばるわよ！　ね、たっちー！」

「当たり前だろ！」

麻衣とたっちーのやり取りが、元気よく響いた。

秋風が、吹く

数日後の放課後。

「浅井ーっ」

帰る支度をしているわたしに、須田ちゃんが叫んできた。

「受験報告終わったか？」

「あ……終わりましたけど」

「よかったーっ！　ちょっと手伝ってもらいたいんだけど、いいか？」

「……は、はい」

「じゃ、支度終わったら、職員室に来てくれ！」

そう言った須田ちゃんが去ったあと、チラッと麻衣のほうを見たけど、たっちーと話していて、声をかけられず。

瀬川くんは今日、バレー部に顔を出して後輩に指導するって言ってたし……。

……仕方ない。ひとりで行くか。

荷物を持ってろう下を歩いていると、瀬川くんが向こうから近づいてきた。

「浅井、今から帰るのか？」

「う、ううん……。須田ちゃんに雑用頼まれた」

「じゃ、俺も手伝うよ！」

「えっ……い、いよっ。瀬川くんは後輩たちにバレー教えなきゃっ」

「いや、大丈夫！」

「ダメ。バレーに行って！　わたしひとりで大丈夫！」

「そうか？　じゃあ、帰りは送る……って、あぁっ！　帰りは後輩とラーメン食いに行くんだったぁ」

あちゃーと顔をしかめて、残念がる瀬川くん。ふふっ、こういう表情も、意外とかわいいや。

「大丈夫、すぐ終わらせて、早めに帰るしっ。また一緒に帰ろう？」

「じゃー……明日予約する！　明日の放課後は、一緒に帰ろうなっ」

「わかった！　部活……がんばってね」

「おう、浅井は雑用がんばれ！　じゃーな！」

瀬川くんと別れ、わたしは須田ちゃんの元へ向かった。

「……へっ。終わったもんね」

あのあと、須田ちゃんはわたしに大量のコピーを頼み、職員会議に行ってしまった。

わたしはひとり残され、泣きたくなったけど……なんとか、気合いでやり遂げた。

できあがった資料を、須田ちゃんの机に置きに行くと……。

『浅井へ　雑用、お疲れ！　これでも食って、怒りをおさめてくれっ』

机にはこの手紙と、まだ温かい肉まんが置いてあった。須田ちゃん、わたしが怒ってるって、わかってたんだね？

「気が利くじゃん。……ありがとうございまーす」

ゲンキンなわたしは、ありがたく肉まんをいただいてから、教室にカバンを取りに行った。

「……あれ？」

「なんだ、遥じゃん」

教室には、一馬くんがいた。

「なんで一馬くんが……？」

「補習がさっき終わったから、帰る支度をしてたとこ」

「そーなんだ」

「須田ちゃんの手伝い、大変だったな」

「……!!　一馬くん見てたの？」

「受験報告しに職員室に行ったら、たまたま見ただけ」

「手伝ってくれてもよかったのにぃ」

「無理。雑用とか、受けつけないから」

なんてバッサリ切る男なのだろうか。わたしはふぅっとため息をついた。

「お前、もう帰んの？」

「うん。もう暗くなるし……それに、誰かに襲われたりしたら……」

「襲うヤツなんて、誰もいないと思うけど？」

「一馬くんのバカ！」

勢いよくカバンを持って、立ちあがった……が。

「おい、待てよ」

そう言って、一馬くんがいそいそと荷物をまとめはじめた。

「……な、に？」

「送るっつってんだよ。暗くなってきてるし、ひとりで帰らせたら、朱希も心配だろ？　だから仕方なくだよ」

「い、いいっ。ひとりで帰れるっ」

一馬くんとは、ダメだ。一馬くんといたら、瀬川くんを裏切るような気持ちになるから。瀬川くんがヤキモチを焼いてくれるのは、うれしいんだけどね。

「だーもうっ。帰るだけだっての」

「えぇ⁉」

グイッと一馬くんに手を引かれて、強制的に教室を出る形になってしまった。

「ねぇ、一馬くん」

「……なに」

「なにか話してよっ。沈黙じゃん」

「お前がこんな空気にしたんだろーが」

「わ、わたし⁉」

この季節になると日が落ちるのも早くなって、なんだかさみしい。

一馬くんと少し離れて歩きながら、空を見あげてそんなことを考えていた。

「そういえばさ、一馬くんと帰るなんて久しぶりだね」

「あぁ。たしか、前帰ったのは……」

「わたしが、楓ちゃんから宣戦布告されたときだ！　一馬くんが、フォローしてくれたよねっ」

楓ちゃんに宣戦布告を受けたときは、驚きでいっぱいだった。

「あっ、一馬くんの恋バナも覚えてるよ！　わたしのことをバカにできないくらいの片想いをしてるんだよね？　あれからなにか変化はあったの？」

はぁっとため息をつく一馬くん。

「なにもナシ。永遠に停滞決定」

「なにそれっ？　あれからアタックしなかったの？」

「……アタックすること自体が、難しいんだって」

「もしかして、その子に好きな人とか……いるの？」

なため前を歩く一馬くんの背中を見つめて、たずねる。

「……いるって言ったら？」

切なそうに笑う一馬くんを、見ていられなくなった。

「好きな人がいてもいなくても、一馬くんがその子を好きなことは、事実でしょ？」

「もういいって」

「中学のときから好きなら……塾で努力して、その子のために上位になるくらい好きだったなら、ハッキリしないとっ！」

『でも……地味に必死だったな。好きなヤツの視界に入るように、模試で上位に入るために勉強したり……』

あのとき一馬くんが言っていた言葉が、頭をよぎる。

「好きならアタックしなよ。陰から見守ってるだけじゃなくて……正面から、ぶつかりなよっ」

するとﾞ、一馬くんが進めていた足を止めた。やっと本気になったのかな？

「……後悔しても遅いからな」

「え？　一馬くん、なに言っ……」

……え？

な、に、これ？

「……お前が……遥が、ちゃんと相手に気持ちを伝えろって言ったんだからな」

わたし……一馬くんに抱きしめられてる？

ぎゅって、力強く。

「か、一馬く……」

「……遥」

言葉をさえぎり、わたしの名前を呼ぶ一馬くん。胸の鼓動が、異常なくらいに速くなっていく。

「ごめん、遥。ずっと……お前が好きだった」

な、に言ってんの？

「遥と同じ塾だったんだけど？　それに、少しだけ話したこともある」

「ウ……ソ？」

一生懸命、塾での記憶を辿るけど、一馬くんと話した記憶は、ない。

「遥とぶつかって、お前が落としたものを拾った。そしたら……笑顔でありがとうとか言いやがった」

「そ……そんなこと……」

「んで、模試の結果が張りだされたとき、『一位の浅井一馬くんって人、すごいなぁ〜』って、俺の名前を呼んでくれた」

一馬くんが少しだけ、抱きしめる力を強める。

「それがうれしくて、ずっと一位をキープするために勉強した。お前の視野に入るために、な」

わたしの……ため？

「だけど、お前の中には、朱希がいた」

「し……、知ってたの⁉」

「友達と恋バナしてる声が聞こえたんだ。同じ中学に好きな人がいるんだって、お前は言ってた」

は……はずかしい。そんな内容も、聞かれていたなんて。

「好きな人と同じ高校を受験するんだって、うれしそうに笑ってた」

少しだけ、よみがえってきた。たしか、知らない男の子がわたしのところに来て、聞いたんだ。

「『お前、どこの高校受験すんだよ？』って。……もしかして、それって……」

「あぁ、俺だよ。偶然にも、お前の志望校は俺の志望校でもあったわけ。だから、アタックするチャンスだと思ったんだ」

さっきよりも力をゆるめて、少しずつわたしから体を離す。

「だけど、遅かった。数日後、お前は朱希の彼女になってたんだ」

わたしが瀬川くんから告白されてウキウキして喜んでいたときに、一馬くんは……つらかったんだ。

「でも、高三になって初めて話したときは、普通だったよ？　わたしを知ってる素振りは……」

「初対面のフリしたんだよ。あのあと、朱希とどうなったかも知らなかったから……探りも入れたかったし」

「ス、ストーカーみたいだけど」

「好きだったからに決まってんじゃん」

わたしの目を見て言う一馬くん。やだ……どうしよう、心臓がかなりバクバク鳴っている。瀬川くんじゃないのに。

「朱希ともう付き合ってないってことを知ったとき、今度こそアタックチャンス到来だ！って思ってたけど、できなかった。お前は……いつも、朱希しか見てなかったから」

そ、そんなこと……。

「だから、俺はお前を応援するって決めた。俺の気持ちは、封印すればいいって思ってた。だけど……」

「……あ、う……」

「おバカな遥さんがあと押ししてくれたおかげで、お前に気持ちを伝えることにしたわけ。やっぱりお前はバカだよ」

と、少しつらそうに笑う一馬くん。

なんだろう、胸が痛い。

わたしは、なにも気づかなかった。こんなに近くにいた一馬くんが、わたしを……だなんて。

「遥、もう一度言う」

言わないで。そんなに悲しい目をして、わたしを見ないで。

「俺……」

そんな目で見られたら……そんな顔されたら……。

「……お前が好きだ」

再び、一馬くんがわたしをそっと抱きしめた。わたしは抵抗しない。……できなかったんだ。

一馬くんは優しく包みこんでくれた。まるで、体全体から「好きだ」と言われてるみたいに。

小さな街灯が、視界に入る。わたしの心のように、ゆらゆら揺れている。

「か、一馬くん」

「……わかってるよ」

「本当に……ごめんね」

「わかってるから、もう少し、このままでいさせて」

一馬くんが少しだけ震えていた気がした。わたしはそっと、背中に手を回す。

一馬くんの気持ちが、落ちつきますように……。そして、そのまま、ずっと続く道を見つめていた。

「……！」

その直後……遠くに、人が見えた。

一瞬、自分の目を疑った。でも、それを確信したと同時に、動けなくなる。

あれはまちがいなく、わたしの大好きな彼氏……瀬川くんだった。

信じられない、という驚きを隠せずに、こっちを見ている。

どうしよう。なにも言えない、言いたいのに……言えないよ。動けない……。

するとエナメルカバンを背負った後輩らしき男の子が瀬川くんに近寄り、ふたりで歩きだす。

そうして、わたしの前から遠ざかった瀬川くん。

「……あっ」

だけど瀬川くんは、最後の最後まで、わたしたちふたりのことを見つめていた。

「あ……ううん、なんでもない……」

どうしよう。瀬川くんを追いかけたい。だけど……今のわたしに、瀬川くんを追いかける資格があるの？

「……遥、どうした？」

「ごめん、遥」

一馬くんがスッとわたしから体を離す。わたしは、はずかしくなって、うつむいてしまった。

「だけど、俺……本気だから」

「え？」

「遥のこと、マジだから。それだけは覚えといて」

両手で顔を包まれ、一馬くんの真剣な目がわたしの心をとらえる。

「……帰るか。遅くなったし、家まで送る」

うなずくことはしなかった。だけど、足は一馬くんについていった。

「遥と朱希を応援してたけど、これからは応援できないから」

別れる直前に、一馬くんがそうつぶやいた。

わたしはなにも返せず、ただ「送ってくれてありがとう」とだけ言った。

頭の中は、さっき見た瀬川くんの表情でいっぱい。

一馬くんと別れて、すぐに家の中に入った。とたんに、玄関で座りこむ。

「……傷つけた」

一馬くんも……瀬川くんも。どちらとも傷つけちゃったよ。

一馬くんの思いがけない行動にイヤと言えなくて、瀬川くんの前では、一馬くんから離れることができなくて。

「どうしよう……」

絶対、瀬川くんに嫌われた。一馬くんに抱きしめられている姿を見られたんだから。

それに……わたしは、一馬くんの背中に手を回していた。

恋愛感情じゃなくて、一馬くんに同情して、思いついた行動だったんだ。

ポタッ。

制服に、涙が染みる。自分の靴がにじんで見える。拭っても拭っても……涙は止まらない。

……わたしは、瀬川くんにも一馬くんにも、最低な態度を取ってしまった。

カバンを部屋に置いて、お風呂場へ向かう。

一馬くんが、わたしのことをずっと好きだったなんて……今まで、まったく気づかなかった。

ちょっとイジワルだけど、いつも瀬川くんとのことを応援してくれて、支えてくれていたし。

「わたし、バカじゃん……」

だから、瀬川くんは言ってたんだ。カズと仲よくしすぎんなって、妬いてたんだ。

「はぁ……」

大きなため息を残して、湯気を見つめていた。

部屋に戻って、チラッと机の上にあるスマホを見たけど……メッセージは誰からも来ていない。

自分から……謝るべきだよね。

【瀬川くん、今日はごめんなさい。明日ちゃんと話がしたいです。】

電話じゃ声が震えちゃうから、メッセージにした。

返事が来るのかもわからない。だけど、なにも言わないわけにもいかない。

そして、数十分後。

――〜♪〜♪

着信音が鳴って、スマホを開いた。瀬川くんからのメッセージだ。

【明日、帰る予約入れたけど、
取り消してほしい。

ごめん。

話は……今は、聞きたくない。】

そっか。明日……一緒に帰れないんだ。

『じゃー……明日予約する！　明日の放課後は、一緒に帰ろうなっ』

数時間前、瀬川くんはわたしの大好きな笑顔でそう言った。明日は帰れると思ったのに。

一日で、こんなにも変わってしまうんだね。

『今は、聞きたくない』

瀬川くんが打ったメッセージがわたしの心に突き刺さる。瀬川くんは……傷ついているんだ。わたしの……せいで……。

スマホに再び、後悔の涙が落ちる。そして、視界がボヤけて、画面の文字がにじむ。

明日、絶対に話そう。

シカトされたって……話しかけるんだ。

瀬川くんとの関係を、取り戻すために。

翌朝、いつもより早い時間に、家を出た。瀬川くんと会えるかは、わからない。でも……早く行きたかった。

同じ制服の男子生徒が目に映るたびに、瀬川くんじゃないかって、胸が高鳴る。

そして、校舎が見えてきた頃、ポンッと肩をたたかれた。

もしかして。

期待をして振り返る。だけど……。

「おはよう。遥、今日早くね？」

わたしの目の前にいたのは、瀬川くんではなく……一馬くんだった。

「あ……今日は、早起きしたから、早く家を出て……」

隣を歩く一馬くんに、頭に浮かんだ適当な理由を話す。

「ふーん。ていうか、悪かったな」

「へっ?」

「振り向いたとき、朱希じゃなくて残念って顔してたけど?」

朱希……その名前を聞くと、胸が痛む。全身が、変に緊張してしまう。

「ほら、朱希が来たぞ」

ウソ? わたしはあわてて、うしろを振り向いた。

多くの生徒にまぎれて、瀬川くんの姿が見える。

……キュン。

わたしは一目散に瀬川くんの元へ向かった。伝えたい。早く瀬川くんに伝えたい。

「せ、せ……がわくん」

瀬川くんの前に立つ。瀬川くんは驚いた顔を見せたけど、「……はよ」と、返してくれた。

シカトはされなかったけど、目は、一瞬しか合わせてくれなかった。

「あ……あのねっ」

「俺、用事あるんだ」

「えっ?」

話そうとしたわたしの言葉をさえぎって、通りすぎようとする瀬川くん。わたしはとっさに、瀬川くんのカバンをつかんだ。

「ま……待って。ちゃんと、説明……」

「浅井」

背を向けたまま、瀬川くんはわたしの名前を呼ぶ。わたしは、ビクッとして立ち止まった。

な……なんだろう。

わたしは、広い背中を見つめたまま、瀬川くんの言葉を待った。

今から……なにを言われるんだろう？

「浅井……」

「は、はい」

「俺……今は無理なんだ」

え？

「俺が逃げてるだけなのかもしれないけど、今……浅井と話しても、余計に浅井を傷つける」

「せ……瀬川く……」

「ごめん、少し距離、置こう」

一瞬にして、瀬川くんの背中以外、なにも見えなくなった。

「少しだけ、整理する時間をくれ。……そしたら、ちゃんと話すから」

わたしの頭が、ついていかない。整理する？　時間？

「……ごめん」

瀬川くんはそう言い残して、わたしに見向きもせずに、校舎へと走りだす。

ごめんって、なに？

どうして……わたしを見てくれないの？

「一方的じゃ、わかんないよぉ……」

……だけど、わたしのせいなんだよね。こんなことになっちゃったのは……。

話して、早く仲直りがしたかった。

「……遥」

今聞きたい声は一馬くんの声じゃないのに、一馬くんの声に安心感を覚えるわたしがいる。

「あ……はずかしい姿、見せちゃったね」

「はる……」

「は、早く学校……」

「遥っ」

一馬くんに、ギュッと腕を握られた。心が揺れる……どうしようもなく、締めつけられる。

「無理すんなよ」

「……無理するよぉ」

早く話がしたいのに、瀬川くんは見てくれない。それなのに一馬くんは、気にかけてくれる。

瀬川くんと、これから、どうなっちゃうんだろう？

また一緒に笑いあえるの？　頭をなでてくれるの？　はにかんで照れる表情は見せてくれるの？

瀬川くんが去った道路を見つめ、隣に一馬くんの気配を感じながら、悲しくなった。

「まぁ、驚きの展開ね」

あきれながら、わたしの目の前でチューッとアイスティーを飲む麻衣。

「俺も、いろいろとびっくりしてんだけど」

麻衣の隣で目をパチパチさせながら、わたしを見るたっちー。

放課後、麻衣とたっちーと三人でラブリーに来ていた。さすがに、ラブハンを頼む気分にはなれない。

「要するに、告白してきた浅井くんとハグしてるところを、運悪く瀬川くんに見られたわけね？」

麻衣には学校で、昨日から今朝までのことを話した。たっちーは、瀬川くんからなにも聞いていなかったみたいだ。

「瀬川くんが傷つくのは、当たり前よ？　彼女が他の男と抱きあってんだから」

「う……うん」

「一馬くんには、同情しただけ？」

麻衣の言葉に、コクンとうなずいたわたし。

「本当に？　恋愛感情があったんじゃない？」

麻衣が、鋭い目でわたしを見てくる。わたしが、一馬くんを？

「べつに、浅井くんの恋を応援してるわけじゃないよ。確認っていうか……ね」

「わたしは、瀬川く……」

「浅井くんからの告白に動揺すると同時に、一瞬だけ、気持ちがぐらついたりしたんじゃないの？」

え？

「そうだとしたら、今、瀬川くんと距離を置くのは、正解だと思う」

「え？」

「自分の彼女が自分を見てないのは、つらいでしょ？　わたしは、過ちを経験したから言える。自分のしたことが、どれだけたっちーを傷つけてしまったかってことも……わかる」

たっちーが緊張したような目で、麻衣をチラッと見る。

「……うん」

「瀬川くんから連絡が来るまで、考えてみな。本当に瀬川くんだけなのか、浅井くんには、友達の感情しかないのか」

瀬川くんは、大好きな人。

一馬くんは、大切な友達。

わたしの中では、これが当たり前なのに……麻衣の言葉が、突き刺さる。

なんで自分は、こんなにも混乱してるのだろう？　やっぱり、少しは……心が、揺れているのかな？

それから一日考えたけど、全然頭が整理できなかった。


その日から数日、わたしはボーッと過ごしていた。もちろん、瀬川くんとは目も合わさず、言葉も交わさない。

気がつけば、もう十二月になっていた。

『おたがい受験が終わったら……デートしようか？』

前に交わした、そんな約束も……もちろん、叶わないまま。

「大丈夫か、遥？」

それでも、前と変わらず、わたしに接する一馬くん。

「う、うん」

そんなふうに接してきたら、わたしの気持ちは行き場がなくなっちゃうじゃん。

「朱希とは、どうなってんの？」

「……それ、一馬くんが聞く？」

「聞く。だって、俺には関係あることだから」

一馬くんはマジメに答えているんだろうな。そう思うと、少しだけ笑えてしまった。

「……なに笑ってんだよ」

「いや、一馬くんって、こんな人だったかなぁって」

「俺は俺だ。遥に好きって伝えたから、遥が俺を見る視点が変わっただけなんじゃねーの？」

変わってる……のかな？　でも、わたしの中での一馬くんが、前と変わっているのはたしかだ。

「もしかして、好きになった？」

「ち……ちがうよっ。ただ……」

「ただ？」

「今は、わからなくなってる」

ただ、わからない。一馬くんとは、こうやって会話をするのに、瀬川くんとはなにもないんだもん。

そして、それからさらに数日経ったある日の放課後。

昼間、たっちーづてで、瀬川くんから『一緒に帰ろう』と言われたわたしは、下校時間でにぎわう昇降口に、どぎまぎしながら立っている。うわぁ……足がカクカク笑ってるよ。

瀬川くん……来てくれるかな？　約束を破るような人じゃないから、来るとは思うけど……。

『遥の想いを伝えなきゃ、変わらないよ』

ここに来る前に、麻衣から言われた言葉。そうだよね、わたしが言わなきゃ、変わらない。

……がんばるんだ。

ドキン……。

「……わりぃ。遅くなった」

うつむいていたわたしの視界に、大きな靴が映る。見あげると、瀬川くんがいた。

「あ……だ、大丈夫だよ」

「……帰るか？」

「う……うん」

瀬川くんとは、今まで何度も一緒に帰ったのに、今日はまるで初めてのようにぎこちない。

唇を噛みしめて、歩きだした瀬川くんの背を追った。

夕焼け空に白く浮かぶ月を見ながら、さみしい空気を感じ、手を合わせて自分自身を温める。さみしいのはそれだけじゃない。

「公園に寄っていい？」

わたしを見て、瀬川くんが言う。

「い……いいよ」

それからも無言は続いた。ふと、キラキラ輝くクリスマスのイルミネーションが目に入る。

それを見ても、ワクワクする気持ちにはなれなかった。

そして、公園に着き、ベンチに座ろうとキョロキョロしていると……。

「ベンチよりブランコにしよう」

瀬川くんの提案で、ブランコへ向かうことになった。

そうだよね。ベンチよりブランコのほうが、距離が離れるもんね。

──キイ、キイ……。

ふと、客観的に自分たちを見て、不思議な気持ちになった。

錆びた音を響かせるブランコに、高校生にもなるふたりが、座っている。

「単刀直入に聞いていい？」

隣で、乗っているブランコを小さく揺らしながら、瀬川くんが聞いてきた。

「あの日、カズとなにしてたの？」

ブランコの鎖(くさり)を握りしめて、深呼吸をしたわたしは答える。

「わ、わたしが学校を出るのが遅くなって、ちょうど一馬くんと会ったの。それで、遅いから送るって言われて……一緒に帰った」

「……うん」

「最初は、普段どおりだった。だけど、恋バナを聞いてたら……か、一馬くんに……告白された」

「……う、うん」

瀬川くんの歯切れの悪い返事が、胸を痛める。

「わたし……全然気づいてなくて。一馬くんと、中学のときに塾が一緒だったらしくて……そのときから好きだったたって言われた」

「……」

「そ、れで……なんだか胸が苦しくなって……気づいたら、わたし……」

「……カズを抱きしめてたってわけ？」

「う、うん。だけど、好きとか、そういうんじゃないっ。ただ、一馬くんのあの姿を見たら……思わず……」

言い訳にしか聞こえないと思う。

そして、再び沈黙が続いた。

「……なぁ、浅井」

しばらくして、自分の足もとを見ながら、わたしに呼びかけた瀬川くん。口もとは、黒のマフラーに隠れていた。

「……俺、距離置こうって言ったけど……やっぱりダメだ」

「え？」

「いっぱい考えたけど、答えはいつも同じところに辿りつくんだ」

すると、足もとからわたしへと、瀬川くんの視線が移動した。わたしの背すじが、自然と伸びる。

「……俺たち、別れよっか」

「え……」

切なく笑いながら、わたしを見ている瀬川くん。そんな瀬川くんから、目を離せなかった。

「やっぱり、ダメなんだよ。俺じゃ、浅井を笑顔にしてあげられない」

「……」

「自信がないんだよ」

わたしは、言葉が出なかった。ううん、頭もついていかなかった。

瀬川くん、なに言ってるの？

……別れるって……え？

ウソ……だよね？

「じ……冗談だよね？」

「ごめん。冗談じゃないよ」

瀬川くんの真剣な目が、わたしを見つめる。わたしも、目を逸らせない。

「な、なんで？　わたし、瀬川くんがいるから……笑顔でいられるんだよ？」

「ちがう。浅井を笑顔にしてやれるヤツ……近くにいるじゃん」

「えっ？」

「いつも、浅井をそばで支えてやれるヤツが……」

なにを言ってるの？　わたしを支えてくれてるのは……瀬川くんじゃないっていうの？

「浅井には、カズが合ってるよ」

ズキン……。

優しい顔しないで。

そんな顔で、わたしを見ないで。

……泣きたくなる。

「俺、健真みたいに心広くねーんだ。永納のあの件を受け入れて付き合ってる、健真みたいには……」

「……」

「浅井は、カズに同情して抱きしめただけ。わかってんだけど……なんて言うんだろう。健真が言ってた、自分自身も相手も許せないって感じなんだ」

「……う、うん」

「誰も悪くないんだよ。カズは気持ちを伝えただけで、俺がたまたま、その場に遭遇（そうぐう）しただけなんだから」

誰も悪くないのに、わたしと瀬川くんは別れるの？

「カズも俺も……浅井が好き。ただそれだけなんだ。だけど……やっぱり、許せないんだ」

涙で、視界がボヤけてくる。

「……泣くなよ、浅井」

「だ……ってぇ」

瀬川くんと、また別れちゃうことが悲しくて。

瀬川くんと、また離れちゃうことが苦しくて。

また瀬川くんを傷つけちゃった。

「……浅井、いつもごめん。泣かせてばかりでごめんな」

ブランコがギィ……っと鳴った。

「もう……戻るのは無理なの？」

「……ごめん」

「……そっ、かぁ」

一馬くんとのことは……何度だって謝るのに。わたしの嫌いなところがあるのなら、ハッキリ言ってくれていいのに。

「ねぇ、ブランコで靴飛ばし……しない？　……一回だけ」

少しでも油断したら、身勝手な気持ちがあふれそうで、わたしは提案した。最初は驚いていた瀬川くんだけど、ブランコを漕ぎだした。

ふたりが乗っているブランコが、交互に揺れる。

わたしがうしろに行くたびに、瀬川くんの背中を盗み見ることができる。

……あの背中、大好きなんだ。真剣な横顔も、わたしを見てくれる目も、ほんのり赤くなる頬も。

ダメダメっ。……泣くな。さっきは泣いちゃったけど、もう……泣いちゃダメ。

「靴、飛ばすか？」

「う、うん」

さっきよりも勢いよく漕ぐ。ブランコは、徐々に空へと近づいていく。

そして、同じようにわたしの気持ちも、どんどんあふれていく。

……瀬川くん、好きだよ。

瀬川くんが、大好きなんだよ。……それなのに、なんで別れなくちゃいけないの？

わたしは一馬くんと、なにもないんだよ？

「……浅井、行くぞっ」

瀬川くんの掛け声とともに、わたしは片方の靴をスタンバイした。

瀬川くんと目を合わせる。……マフラーで口もとが見えないのが残念。そして、おたがい一緒に深呼吸をして……。

「「せーのっ！」」

思いっきり、靴を飛ばした。大きな靴と小さな靴が、虹を描くように、ゆるやかに宙を泳ぐ。

公園から出ちゃうんじゃないかってくらい、靴は空の旅を続けた。

「俺のほうが遠いんじゃない？」

「わたしも負けてないよっ」

わたしたちはブランコを止めて、ケンケンをしながら靴の着地点まで急ぐ。

「浅井、汚れるぞー」

バレー部だった瀬川くんは、器用にぴょんぴょんと駆けていく。

わたしは、瀬川くんの背中を追った。

「……ウソだろ」

「やったぁっ」

瀬川くんは、くやしそうにわたしを見る。そう、靴飛ばしの結果は、わたしの勝利だったのだ。

「けっこう本気だったのに」

ちょっぴりスネながら、自分の靴を履く瀬川くん。そんな彼に、ドキッとしてしまうわたし。

ねぇ瀬川くん、勝ったのにうれしくないのは、なんでだと思う？

瀬川くんと別れる……その事実が、変わらないからだよ。

卑怯な考えだけど、わたしが勝ったら別れないで……とか、条件付けとけばよかったって思っちゃうよ。

「浅井」

靴を履き終わった直後、瀬川くんから呼ばれた。

「俺たちは別れるけど、距離を置いたときみたいに、お前を避けたりしないから」

「えっ？」

「だって、友達だろ？」

……友達。

「付き合う前は、友達だったんだ。だから……また友達、な？」

無理だよ。瀬川くんを友達として、見れるわけないじゃん。

それでも、わたしはそんなこと言えなかった。自分の気持ちを、瀬川くんに伝えられなかった。

瀬川くんを二度と傷つけたくないと思いながらも、また自分が傷つくのが、怖いだけなんだ。

「……うん、友達……ね！」

できるだけ、笑顔をキープする。これが今のわたしにできることだから。

「遅くなったな。家まで送……」

「送らなくていいっ。わたし、帰れるから！」

これ以上、このまま瀬川くんと一緒にいるなんて、無理だよ。今でも十分……キツいんだから。

「じゃあ……」

ふわっ。

「これ、していけよ。風邪引いたら困るし」

わたしの首に、瀬川くんの黒いマフラーが不器用に巻かれた。

「い……いいよっ。せ、瀬川くんが、風邪引くから」

「だーいじょうぶ。最後くらいは、かっこつけさせて」

……ズキン。

最後……という言葉に、さらに胸が痛む。

「あ、ありがとう」

ぎこちなくお礼を言うと、安心したように笑った瀬川くん。

「……じゃ、帰るとするか」

帰っちゃう。瀬川くんとの関係が、終わっちゃう。そう思いながら、マフラーに顔を埋めた。

すると……。

「……浅井、ありがと」

それは数秒の出来事だった。

瀬川くんに引き寄せられて、耳もとで言われた。そして、少しの間、優しく抱きしめられた。

「じゃあ、また学校でな！」

瀬川くんは、いつもと変わらない言葉を残して、わたしに背を向ける。

「う、うぅ……」

マフラーから、大好きな瀬川くんの匂いが漂う。

「……せ、が……わくん」

泣いたって、瀬川くんの名前を呼んだって、瀬川くんはもうわたしの彼氏じゃない。

わかってたよ。瀬川くんに嫌われちゃったことくらい。

瀬川くんと一緒にいても、すぐに気まずくなっちゃうって。

それでも好きだったから、ずっと瀬川くんのそばにいたかった。

瀬川くんの彼女でいたかった。

わたしはそのまま座りこんで、公園で泣き続けた……。


「うわぁ、なんてブサイクな顔」

「そ、そんなこと言わないでよぉ」

次の日は学校が休みで、麻衣の家を訪ねた。理由は簡単、慰めてもらうためだ。

「昨日の電話からして、まさかとは思ったけど、想像以上にヤバイわね」

「受験間近なのに、ごめんね……」

「いいのよ、親友の一大事なんだから」

オレンジよ、と、麻衣からピンクのコップに注いだジュースを渡された。わたしは、無言で口にする。

昨日は、あれからも泣きまくって、そのあとは猛ダッシュで家まで帰った。

家に帰ってからは、お風呂にしか入らず、夕ご飯に出された大好きなハンバーグも、食べられなかった。

「ねぇ遥。わたしさ、いまだにアンタたちが別れたって、納得できないんだけど？」

「……わたしだって……納得してないよ」

「じゃあ、なんで別れたくないって言い続けなかったの？　せっかく付き合うことになったのに……ガッカリしちゃった」

「……」

麻衣はいつも、不器用ながらに応援してくれた。本当にごめんね。

「なんでこう、うまくいかないんだろうね。瀬川くんとラブラブなときに、浅井くんからのアタックが来るなんて」

「う……うん」

「マジで、瀬川くんから浅井くんに乗り替えちゃう？」

「乗り替えないよ！　今、わたしの中には瀬川くんしかいないんだもんっ」

「ふっ。そうよね、アンタの頭ん中には、瀬川くんだけ。いや、遥全体を、瀬川菌が占めてる感じ？」

「せ……瀬川菌ってなに⁉」

フラれて悲しいはずなのに、麻衣といると笑えてきた。残っていたジュースを飲みほす。

「遥、瀬川くんは、遥のことを嫌いになったんじゃないと思うよ」

「……う、うん」

「瀬川くんなりに、なにか考えてるんじゃない？」

なにを……考えているんだろう？

「しかーし、だからって、探るようなことはしないほうがいいよ。瀬川くんのことが気になるのはわかるけど、瀬川くんが知られたくないことまで知り尽くそうとするのは、ちがうと思うよ」

麻衣が真剣な表情で、わたしを見つめる。

だけど、そのあとわたしを元気づけるように、ふっと笑った。

「あーあ。これから冬休みが来たら、遥と瀬川くんのふたりにも受験勉強に付き合ってもらおうと思ってたのに！」

「あはは。たっちーとふたりでしなよ！」

「だって、アイツ、ふたりきりだとすぐ隣に来たがるんだよ。わたしは、くっつきたくないのに」

麻衣、それってやっぱり照れてるって証拠だよ？

「浅井くんみたいに、もう少し落ちついてくれないかな」

……ドキリ。

「あ、そういえば、浅井くんのことはどうなの？」

「へ？　な、なにが？」

「大切な友達、の浅井くんは」

アイスティーを飲みながら、一馬くんの話題を出す麻衣。

「その言葉のままだよ。友達！」

「でも、遥と瀬川くんが別れたことをキッカケに、浅井くんは猛アタックしてくるかもね？」

「えぇ!?」

「だって、自分の好きな人がフリーなのよ？　狙わないわけないじゃない」

そ……そんなものなのかな？

「で……でも、今までは、なにも……」

「今までは今まで、これからはこれからなの。浅井くんだって、遥が瀬川くんを想うように、遥をあきらめずに想ってるんだから」

「……うん」

「それにしても、アンタたち一途ね。中学から想い続けてるなんて」

「だって、好きなんだから仕方ないじゃん」

「まぁ尊敬するけど、周りにももっと目を向けてみたらどうかなー、なんてね」

え？

「浅井くんの気持ち、考えたりしたことある？」

「一馬くんの？」

「遥の中には瀬川くんしか映ってないから、浅井くんのことを考える余裕なんて、今までなかったんじゃない？」

そうなのかな？　でも、言われてみれば、そうかもしれない。

「受験も終えたことだし、この際考えてみたら？　乗り替える乗り替えないじゃなくて、さ」

「うーん……」

でも、麻衣の言うとおり、少しだけ考え……て、みようかな？

もしかしたら、なにかが変わるかもしれない。

「そ……うだね。今までは、瀬川くんだけに執着しすぎてたのかも」

「でも、これだけは言わせて」

「……？」

「わたしは、遥の味方だからね。なにかあったら、いつでも相談しな」

一気に涙が出てくる。麻衣との友情の強さに、そして、失恋したことに。

昨日も泣き崩れたけど、昨日以上に、わたしは泣いてしまった。麻衣は、優しくわたしの頭をなでてくれた。

好きだった。

ずっと、ずっとずっと、瀬川くんだけだった。

瀬川くんの笑顔が、好きだった。照れた顔も好きだった。かっこいいところも……

全部大好きだった。

優しすぎて、まぶしすぎて、わたしにはもったいないくらいの人だった。

この涙とともに、わたしの気持ちも、リセットすることができたらいいのに。

クリスマスイブ、連絡先を交換できて、うれしかったよ。新年早々のメッセージも。

バレンタインチョコ、わたしからって気づいてくれたよね。

ホワイトデー、中学のときと同じ言葉と仕草で、びっくりして泣いちゃった。

三年でも瀬川くんと同じクラスになれて、思わず走りだすくらい、うれしかった。

雨の日にラブリーで食べたラブハン、ドキドキしたよ。

進路相談も、真剣に聞いてくれたね。進路室でご飯を食べたことは、内緒だよ。

バレー部の試合観戦、誘ってくれて、うれしかった。瀬川くんが、一番かっこよかったよ。

夏の終わり、楓ちゃんと付き合っていると誤解していたわたしに、突然瀬川くんからの告白。

びっくりしたけど、胸がいっぱいになった。線香花火、勝負できてよかったよ。

体育祭、わたしのために女パラに出てくれたんだね。とってもかわいかったよ。

受験前日、同じ月を見あげたね。サプライズで瀬川くんがいたときは、驚いたよ。

おでこパワー、かなり効いたみたい。

瀬川くんとの思い出が、いっぱいありすぎるよ。

最後もありがとうって言えなかった。

好きすぎて苦しいよ。

気がつけば、黄昏（たそがれ）の時間も過ぎていた。

「なにかあったら、すぐに連絡してよね？」

「ん、わかった！」

「今日は家まで送れなくてごめんね。実は今から……」

「たっちーと一緒に勉強でしょ？」

麻衣はちょっぴりはずかしそうにうなずく。そして、わたしたちは笑いあって、お別れをした。

重ね着をしているけど、外はかなり寒い。

クリスマスが近いからか、イルミネーションでカラフルな街並みが広がっている。

クリスマス、瀬川くんと一緒に楽しみたかったなぁ。初めて、カレカノとして過ごせると思ってたのに……。

デートも……したかったなぁ。

なにを見てもなにをしていても、瀬川くんのことばかり考えてしまう。

『受験も終えたことだし、この際考えてみたら？』

瀬川くんへの想いをふっきるためにも、麻衣が言ったように、一馬くんのことを、考えてみようかなと思った。

友達としての距離

「遥ちゃん、どういうこと⁉」

月曜日の朝、昇降口で靴を履き替えていると、今までに聞いたことがない楓ちゃんの怒ったような声が響いた。

「か……楓ちゃん、どうし……」

「どうしたもこうしたもないよ！　さっき朱希くんに、最近遥ちゃんとどう？って聞いたら、別れたって言われたんだけど……ウソだよね？」

信じられない！という眼差しを向けてくる楓ちゃん。

「あ……うん。……ホント」

「え⁉　なんでっ？」

「わたしが悪いの」

「遥ちゃん、なにかしたの？」

「そ。コイツ、俺と浮気しちゃったんだよ」

え。

わたしは、あわてて頭上を見る。聞こえた声は、一馬くんのものだった。楓ちゃんは、口をパクパクさせる。

「あっ……浅井くんと⁉」

「そうなんだよ。コイツってば」

「ちちちち、ちがぁーう！」

わたしは、あわてて間に入った。

「あの、う……浮気じゃなくて……」

「俺が遥にコクった。それで、俺が遥を抱きしめてるところを朱希に見られたわけ」

わたしが説明する前に、一馬くんが説明した。

って、え？

「一馬くん……瀬川くんに見られてたの、知ってたの？」

「あのときの遥を見てたら、なんとなく察しがついた」

「それでも浅井くん、コクったの？」

「ん、まぁな」

私の話をさえぎり、告白したことについて盛りあがる、楓ちゃんと浅井くん。

楓ちゃん、一馬くんの気持ち、知ってたんだ。

「でも、朱希くんと遥ちゃんが別れたって……かなりショックなんだけど」

「……ごめんね、楓ちゃん。応援してくれたのに」

「やっと、朱希くんのことはあきらめなくちゃって思ってたのに……わたし、また朱希くん狙っちゃうよ？」

「え？」

「……ウソ。今はそっと見守るよ」

一瞬にして、楓ちゃんのかわいらしい顔が真剣になった。わたしはドキリとする。

「え？」

「朱希くん、元気なかったんだよね」

瀬川くんが、元気がなかった？　やっぱり……わたしのせいかな？

ふと、袋に入れていた瀬川くんのマフラーが目に入った。

……わたしから、ちゃんと返せるかな？

「なぁ……ひとつ聞いていい？」

「ん、どーぞ？」

「朱希と別れたの？」

「うん。……ホントだよ」

ここは、正直に言わなくちゃね。

「……そ」

一馬くんはそれだけ残して、教室に向かった。

え？　そ……って、それだけ？　なにか言われると思ったのに。

たたたっと一馬くんを追いかけても、一馬くんはさらに早足になるばかり。

不思議に思って一馬くんを追いこして、表情をうかがうと……。

「み、見んなよ、バカっ」

一馬くんは、まっ赤だった。

あわてて背を向けて、ゴニョゴニョとなにか言っている。

「え？　なに？　聞こえな……」

「遥には悪いけど、朱希と別れて、うれしいんだっつーの」

へ？

「これからは、遠慮する気ないから……覚悟しとけよ？」

そ、それは、わたしにアタックしてくるってことだよね？　うわぁ……麻衣の予想どおりじゃん。

わたし、どうすればいいの？

「……って、瀬川くんにマフラー返さなくちゃっ」

あわてて教室に入り、瀬川くんの姿を探す。

そして、ろう下で友達の肩を組んで、わたしの大好きな笑みを浮かべている瀬川くんを発見した。

あれ？　咳きこんでる。やっぱり風邪引いたのかな？

あぁ……わたしのせいだよね。紙袋を握りしめながら、罪悪感でいっぱいになる。

はぁ……返さなきゃ。

「お……おはよう、瀬川くん」

すると、くるっと振り返ってわたしを見た瀬川くん。

「ん、どうした？」

「あ、の……これ、ありがとう！」

わたしはささっと、マフラーが入った紙袋を差しだした。

「ち……ちゃんと洗濯したから。あの……瀬川くん、風邪引かなかった？」

「風邪？　引くわけねーじゃん」

へへ、と笑う瀬川くん。だけど、ウソだよね？　さっき、咳きこんでたし。

「……瀬川くん、これも」

もしかしたらと思って、ポケットに入れておいた、のど飴を出す。

「……！　だから、浅……」

「さっき、咳きこんでたくせに」

じっと瀬川くんの目を見た。でも、昨日のことがふと頭をよぎって、すぐに逸らす。

「ごめんね。マフラーを借りたせいだよね」

「浅井のせいじゃねーよ。俺の不注意だって」

「ちが……」

「だけど、もらっとく」

手のひらに乗っていたのど飴が、姿を消した。のど飴は、瀬川くんの口の中へ。

「ん、うまい」

ニコッと笑って、頬での味を確かめている。

うわぁ……わたし、ドキドキしてる。

「……ありがとうな」

だけど、お礼を言って去るとき、いつものように頭をなでてくれるかと思ったのに……肩をたたかれただけだった。

教室に入った瀬川くんの背中を、目で追う。振り向くわけもないのにね。

あぁ……そうなんだ。これが友達の距離なんだ。わたしと瀬川くんが、友達に戻った証拠なんだ。

……わかっているのに、鼻の奥がツンとする。

「泣かないの。ここは学校よ？」

そんなわたしの頭を優しくなでてくれたのは、麻衣だった。

「ま、麻衣ぃ」

「あら、わたしじゃ物足りなかった?」

「ううんっ。うれしい！」

やっぱり持つべきものは友だ。

麻衣に慰めてもらったあと、勉強の合間を縫って初詣に一緒に行ってもらう約束をした。

そして、高校生活最後の二学期が、幕を閉じた。

Kimi no tonari de orenjiiro no koi wo shita.
第四章
幸せのリレー

揺れ動く新年

『……三・二・一！　ハッピーニューイヤー！』


テレビ中継とともに日付は変わり、新年のあいさつを交わす我が家。

スマホの画面が、何度もチカチカ光る。かわいいスタンプとともに新年のあいさつメッセージが数件来ていた。ひとつひとつ読んでいると、再びメッセージを受信。その中には瀬川くんからのメッセージも来ていた。


【あけましておめでとう。

昨年はありがとう。

今年もよろしくね。】

数時間後、女子力ゼロの堅苦しい文字を並べたメッセージを送信。彼女のときも片想いのときも、瀬川くんへの返事に時間がかかることは、変わらないわたし。

新年からドキドキさせられて……わたしの心は大忙しだった。

そして、初詣。麻衣とふたりで行くことに胸を高鳴らせて、十時に待ち合わせ場所へ行くと……。

「聞いてないよ⁉」

「どう？　新年早々のサプライズ」

ニヤリと笑う麻衣の隣には、たっちー、瀬川くん、一馬くんがいた。

「き……聞いてないよ⁉」

たっちーはいいとして……瀬川くんと、一馬くんまでいるなんて。

「だから、サプライズって言ったじゃない。あっ！　あとひとり……」

「お待たせー！」

「あ、来た来た」

あとひとりは……楓ちゃんだった。

「よし、じゃあ揃ったことだし、みんなで一緒に、新年のあいさつするか！」

たっちーが張りきって仕切ろうとする。

「は⁉　ここで？」

「アンタ、バカじゃない？」

「バカだからするんだよー！」

「俺はバカじゃない」

「カズ、うるせーよっ。いくぞ、『あけましておめでとう』だかんな？　せーのっ」

「「「あけましておめでとー！」」」

たっちーにツッコみながらも、みんな同時に大声で叫んだ。

「それでは、出発しんこー！」

小学生の遠足じゃないんだから……と、しぶしぶたっちーについて行く一行。

「ねぇ、遥ちゃん！　連絡先を交換しようよっ」

神社に向かう途中、楓ちゃんに声をかけられた。

「へっ？　う、うん」

歩きながら、いそいそとスマホを取りだして、楓ちゃんと連絡先を交換する。

「やったぁ！　前から遥ちゃんに言おうと思ってたんだけど……なかなかタイミングがなくて」

「ふふっ。楓ちゃんと仲よくなれた気がして、うれしいよ」

「〝気がして〟じゃなくて、もう仲よくなってるじゃん！」

「楓ちゃん……」

「もちろん、恋のライバルとしてもだよ？」

ふふっと笑う楓ちゃんには、ライバル宣言をされたこともあった。今、こんな関係になれていることが不思議。

「話してるときに悪いけど……遥、俺にも教えてくんね？」

すると、楓ちゃんとの会話に、一馬くんが入ってきた。

「浅井くん、空気読んでよっ」

「だから、最初に謝ったじゃん」

むぅっと怒る楓ちゃんに、いつもと変わらずにツンと言葉を返す一馬くん。

「……で、いい？」

再びたずねられ、あたふたしながらスマホを出す。

「い……いいけど、悪用しないでよ？」

「はぁ？　なんのためにお前の個人情報を悪用すんだよ。なにも得がないのに」

「ム……ッカつく！」

「ダブル浅井、うるさいわよ」

ギャーギャー言うわたしたちを、麻衣が叱る。もうっ、なんで一馬くんまで誘ったのよぉ。

「ケンカばっかりすんなよっ。ほら着いたぞー！」

たっちーが飛びはねて、目的地を指す。ケンカじゃありませんっ！　一馬くんから本当に告白されたのか、不思議なくらいよっ。

……そうだ、わたし告白されたんじゃん。

「遥ぁ？」

あらためて告白のことを考えると、さっきまでの態度ができなくなってしまう。

「いきなり元気なくなったけど、そんな顔してたら、朱希も笑うぞ」

そして、一馬くんの言葉で、一瞬にして、瀬川くんへの恋心が目覚めてしまった。

「おーい、そこの女子軍！　お詣りするぞー！」

少し先で、こちらに向かってたっちーが、ブンブン手を振っているのが見えて、参拝の列に入った。

やっぱり元旦なだけあって、人が多い。

「あ……わわわ……みんなぁ」

最初はなんとかはぐれないようにしていたのに、わたしは、人込みに流されてしまった。止まることもできずに、後方へ追いやられる。

みんなと離れる！　ウソでしょ⁉　やだやだ……誰か気づいてよぉ。

「おい」

ぐいっ。

誰かに腕を引っぱられて、体が止まる。よかっ……。

「いなくなるとか、マジで焦るっ」

わたしの腕をしっかりとつかんでくれたのは、瀬川くんだった。びっくりしすぎて、声が出ない。

「どうした、浅井？　そんなに人込みが怖かったか？」

「ううん……助けてくれて……ありがとう……」

「いいえ。とりあえず、このまま列に並んどくか？」

「そ、そうだね」

イコール、瀬川くんとふたりきりになるということ。早くみんなの元に帰りたいけど……仕方ないね。

「あっ、浅井」

「は、はいっ？」

「……ん。ここつかんでて」

瀬川くんに肘（ひじ）の部分をつかむように言われる。へ？　なんで？

「また、はぐれたりしたら……な？」

「わ、かった。洋服が伸びないようにするっ」

そしてわたしは、おずおずと瀬川くんの上着をつかんだ。たったそれだけなのに、ドキドキする。

　恋人同士のままだったら、手をつないだり腕を組んだりしてたのかな？

……いや、どの関係にしても、わたしたちにははずかしくて、これくらいしかできないかも。

列が少しずつ進んでいく。でも、麻衣たちの姿はまだ見えない。

「あのさ、浅井。……か？」

「えっ？　なんて？」

「……カズのこと……」

……え？

「あっ、いやなんでもないっ、残りの高校生活も楽しもうな！」

「そうだねっ。でも、あと三ヶ月しか高校生でいられないなんて、さみしすぎるー」

無理矢理テンションを上げるわたし。

あと三ヶ月すれば、卒業。みんなともお別れだ。こうやって、瀬川くんと友達として、隣で話すこともなくなる。一馬くんとの言い合いもなくなる。

さみしさが込みあげてくるから、なぜか余計に話すテンションが高くなる。

「おー！　おふたりさん発見っ！」

そして、しばらくしてたっちーの声が届き、やっとみんなと合流することができた。

とたんにわたしは、瀬川くんの上着から手を離す。ほぼ同時に、瀬川くんもわたしから離れた。

「じゃあお詣りするぞ！」

わたしたち六人は横一列に並び、お賽銭を供えて、手を合わせる。わたしも目を閉じて、パンパンっと力強くたたいた。

とりあえず、麻衣とたっちーが受験に無事合格しますように……でしょ。

自分自身については……素敵な恋ができますように……なんて気分じゃないし、勉強ができますように……は、子供っぽい。

うんうん悩んでいると『長いぞ』と一馬くんからツッコまれた。

えー!? そうだ、これにしよう!

今年も、みんなが幸せでありますように。

「ちょっと、遥ぁ?」

「い、今行くーっ!」

お詣り後は、屋台へ。

「浅井、もうはぐれんなよ?」

「は……はぐれないよっ」

瀬川くんから茶化されたけど、普通に言い返せた。うん、これなら友達としてやっていけるかも。

そして、お腹を満タンにしたわたしたちは、それぞれ受験勉強や家の用事もあるので、解散することになった。

「じゃー、またな！　よいお正月を！」

帰りは男女が分かれることになり、わたしとしてはホッとする。

「んーっ、新年、明けちゃったね」

「また、あっという間に一年が過ぎるのね」

楓ちゃんと麻衣が空を見あげて、つぶやいた。わたしは自分のブーツを見つめながら、白い息を吐く。

「遥ちゃーんっ」

「う……うん？」

「ふたりの男からモテるなんて、うらやましいよぉ！」

楓ちゃん、いきなりなにを言いだすかと思ったら……って、ふたり？

「ね、麻衣もそう思わないっ？」

「思わない。わたしはあのバカで十分だから」

「うぅっ……うらやましい。でもさ遥ちゃん、実際のところ。どうなってるの？」
ギ、ギクリ。
やっぱり……。絶対聞かれると思った。

「瀬川くんから一馬くんへ、お引っ越ししちゃう感じ？」

「……て……停滞しております」

「遥、それって、浅井くんへ揺らいでるってこと？」

「……少しだけ、ね」

瀬川くんとは友達として接することになったんだし、一馬くんのことを、前よりも意識して見るようになってるし。

「……それ、本当に？」

さっきまで笑っていた楓ちゃんの表情が、急に真剣になった。

「さっきは冗談で聞いちゃったけど……本当に、浅井くんに？」

「う……うん。だって、瀬川くんとはもう友達だから」

友達、だもん。

「そっかぁ。だったらわたし、もう一度アタックしようかな？」

「え……」

「ふたりが付き合っているときは、陰ながら応援してたけど、別れたなら……わたしも、がんばっていいよね？」

そうだ。楓ちゃんは……まだ瀬川くんが好きなんだよ。

「い……いいと思う」

「よしっ。おたがいがんばろうね、遥ちゃん！」

「う、うん！」

ずっと、瀬川くんのことが好きだったのに……わたしとの関係を、応援してくれていたんだ。

つくづく思う。ライバルが楓ちゃんで、よかったな、って。

麻衣が心配そうな顔をして、わたしを見る。でもね麻衣、わたしは大丈夫だよ。

もう潮時かな、中学のときからの瀬川くんへの恋心。

前に進む勇気を持たなきゃ。友達として、瀬川くんを見なくちゃ。そして……。

「おーい遥、帰るよ」

「あ、待ってぇっ！」

そして、イジワルな優しさを持っている一馬くんとも……真剣に向きあってみよう。

不確かな気持ちの中で決意を固めて、麻衣と楓ちゃんのあとを追いかけた。

そばにいたい人

「じゃー、二週間後には卒業考査もあるから、進路が決まったヤツも、しっかり取り組めよ！　それに、来月からはほぼ自由登校だから、思い出もたくさん作れよ！　いいな？」

教壇に須田ちゃんが立って、生徒ひとりひとりを見つめて話す。

「……思い出って、ガキかよ」

「おぅら、浅井一馬ぁ？　わたしからしたらお前らはガキなんだっつの！」

騒ぎながら始まるのは、このクラスらしいスタート。須田ちゃんの言うとおり、二月からは週一しか学校に来ないから……ちょっぴりさみしい。

「じゃあ……高校ラストの席替えでもするか！」

須田ちゃんが提案し、みんなは賛成の声を上げた。

「……マジかよ。遥と離れんじゃん」

無愛想な顔をして、ふとつぶやいた、隣の席の一馬くん。一馬くんとは、一度は離れたけど、何度か席替えを繰り返す中で、また隣の席になっていた。

それにしても、一馬くんからこんなふうに言われると、ドキドキしちゃう。

告白……されてからも、イジワルは変わらないけど……なんだかストレートになっている感じ。

「まぁ、誰かさんは朱希の隣になりたいだろうけど」

だけど、一馬くんは、わたしの気持ちが少しずつ動いているのに気づいていない。

「遥、何番？」

「か……一馬くんは？」

「俺、六番」

「えーっと、わたしは……」

ガサゴソと四つ折りの紙を開いていく。妙に緊張してしまうのは、なんで？

「……二十八番」

「マジで？　隣どころか、全然近くないんだけど」

わぉ、一馬くんと離れちゃった。ほとんど一馬くんと隣だったから、離れるのもさみしいかも。

「カズ、六番か！　隣、俺だよーっ」

そんな一馬くんに、たっちーという天使が舞い降りる。

「よかったわ、たっちーと隣じゃなくて」

すると今度は、安堵の笑みを浮かべた麻衣が、わたしの元へ来た。本当はさみしいんじゃないのかな？

ちなみに、麻衣の隣は楓ちゃんらしい。みんな隣が仲のいい人になって、うらやましいな。

「遥の隣の席の番号は？」

「えーっと……」

背伸びをして、黒板に記されている数字を見る。

「隣の席は、三ば……」

「俺、三番だって」

わたしが言おうとしたのと同時に、声が聞こえた。

「えー!? 朱希だけ離れるのかよぉっ！　イヤだイヤだっ。三番なんてやめろぉっ」

「んなグズグズ言っても、運だろ、運っ。それに、同じ教室だし」

駄々をこねるたっちーを、あきれた様子で慰める……瀬川くん。……って、え？

今……。

「あ、あの……瀬川くん、三番って言ったよね？」

「あ、浅井。言ったけど？」

「……わたしたち、隣だ」

すると、わたしたちふたりのところだけ、空気がシンッとなった。

ど、ど、どうして？

「朱希、俺と席、替わろうぜ」

「遥ちゃん！　わたしと交代しよ？　麻衣と近くになれるよっ？」

一馬くんと楓ちゃんが、瀬川くんとわたしに交渉する。ぜひとも交代し……。

「席、替わるのは反則だぞ！　もし替わったら、この席替えはナシになるからな」

そこに、須田ちゃんの鋭い指摘が入った。

「はい、わかったなら、さっさと決まった席に着く！」

ヒヤヒヤしながら、自分の机とイスを移動させる。

「まさか……だったな」

「うん。今まで、隣になること……なかったもんね」

瀬川くんと隣の席になったのは、今回が初めて。予想もしていなかったから……変に緊張する。

「よろしくな」

瀬川くんの言葉に、うなずいた。実を言うと、隣になれてうれしいの。恋愛感情ぬきで、ね。卒業まで、自然と話せるチャンスができたから。

「カズとはどう？」

「冬休みに、何度かメッセージ送ったよ」

瀬川くんのときとはちがい、一馬くんとは不思議なくらい、自然にメッセージを送ることができている。

瀬川くんのときも、自然にできていたらよかったのにな。

「でも、一馬くんってまったく絵文字を使わないから、笑顔なのか怒ってるのか、わからなくて」

「メッセージって、そういうもんだろ？　文章だけで、本当の気持ちはわかんないんだよ」

そうだね、メッセージじゃ相手の気持ちは、完璧には読み取れない。

「瀬川くんは、どうなの？」

「橋本には、リトライするんで！って宣言された」

「リ、リトライ宣言っ？」

なんだか楓ちゃんらしい。

「部活で会話はしてたけど、最近は前以上に話すようになってさ。アイツ、おもしろいヤツだなっ」

楓ちゃんのことをアイツって呼ぶところが、なにかが変わった証拠だと感じる。

瀬川くんも……進んでるんだ。わたしの知らない瀬川くんが、いるんだ。

――キーンコーンカーンコーン。

一月末、卒業考査が始まり……三日目、いよいよ最終日の最後の科目を終えた。

「やぁーっと、終わったぁー!!」

チャイムと同時に、わたしだけでなく、たっちーも同時に叫んだ。

「浅井、俺たち気が合うな!」

「だねっ。考査が終わって、スッキリしたよー!」

「バカね。本当の戦いは、これからよ?」

ウカれるわたしとたっちーの頭を、ポカッと順番にたたく麻衣。それを見て、笑う瀬川くん。

「じゃあ、せっかく終わったし、考査終了記念に、四人でラブリーに行こうぜ! 永納と健真も、息抜きくらいいいだろ?」

「いいねっ。麻衣、行こうよ!」

「いいけど、楓と浅井くんも誘わない?」

わたしを見て、ニヤリとした麻衣。最近、麻衣のこの顔、多いんだよね。

「おぉ、いいぞ! カズー、それに橋本ー!!」

早速、ふたりの元へ駆けていくたっちー。わたしは麻衣をじぃっと見つめていた。

「うれしいでしょ? 遥、言ってたじゃない。考査後ぐらいに伝えたいって」

実は麻衣に、考査が終わったら、揺れる気持ちに区切りをつけて、一馬くんに伝えたいと打ち明けていた。

「言……ったけど……」

「浅井、それカズのこと？」

麻衣に反論していると、近くにいた瀬川くんからの、いきなりの問いかけ。

「ま、がんばれよ！」

どうしてだろう。胸が痛むのは。別れた瀬川くんに応援されているから？

「浅井、いるか⁉」

すると、教室に、そんな声が響きわたった。ドア付近を見てみると、あわてた様子の須田ちゃんが。

一瞬びっくりしたけど、目線の先は、わたしじゃなくて一馬くんだった。

一馬くんは驚いて目をパチパチさせながら、須田ちゃんの元へ向かっていく。

「なにかあったのかな？」

「オール満点でも取ってたりして？」

シンとしていた教室は再びにぎわいだしたけど、わたしは胸騒ぎがするばかり。

「あっ、遥！」

気がつくと、教室を飛び出していた。お願いだから……なにもありませんように。

「……なんだ」

「それ……本当ですか？」

階段の隅から、話し声が聞こえた。こっそり見てみると、一馬くんと須田ちゃんだった。

「早く……」

「……ありがとうございました」

須田ちゃんがその場を去ったと同時に、わたしは一馬くんへ近づく。

「一馬くん、どうしたのっ？」

「……」

「一馬くん？」

一歩も動かずに、わたしに背を向けたままの一馬くん。

「……親父が……」

「……え？」

なに？　一馬くんのお父さんになにかあったの？

「……親父が倒れて、病院に運ばれた。今、意識不明の重体だって……」

それを聞いてわたしは思わず、一馬くんの背中に手を置いた。

一馬くんの体が震えているのがわかる。

「……一馬くん、とりあえず、一緒に病院に行こう」

「けど、お前はラブリーに……」

「こんな状態の一馬くんを放っておけるわけないでしょ!? だから、ラブリーには行かないよ」

「……朱希も行……」

「あのね、今は一馬くんが大事なの！　だから早く、おじさんの元に行くよっ」

そして、荷物を取りに教室へ戻り、麻衣たちに『用事がある』と伝えた。一馬くんといるなんて、変な想像をしていると思うけど。

病院行きのバスに乗りこみ、一番うしろの席に、微妙な間隔を空けて、ふたりで並んで座る。

一馬くん、大丈夫かな？

なんて声かけていいかわからないよ。

一馬くんはなにも話さず、ただ、外の景色をながめているだけだった。

「親父……」

病室に入り、おじさんの姿を見た瞬間、一馬くんの口からこぼれた言葉。

目を開ければ一馬くんになんとなく似ているんだろうな、と感じさせるおじさんは、人工呼吸器を付けていた。

「ご家族の方ですか？」

病室内にいた医者と看護師が、こちらを向いた。一馬くんだけが、小さくうなずく。

「お父さん、かなり働きすぎていません？　倒れた原因は、過労やストレスからくるものかと」

「はい……」

「一命は取り止めましたが、まだ意識は戻っていません。ですから、目を覚ましたらお呼びください。それまでは、お父さんのそばにいてあげてくださいね」

医師と看護師がいなくなったあと、イスに座ったわたしたち。

「なぁ……生きてるよな？」

「あ、当たり前じゃん。先生も言ってたし」

隣にいる一馬くんのか細い声を聞くと、胸が苦しくなる。

「起きろよ……」

おじさん、一馬くんが来てるんだよ？　早く……起きてください。

「……遥、悪いんだけど、外に出てくんねーか？　お前、つらいだろ？」

「そんなことないっ」

「俺さ、のど渇いたな」

自分のカバンに入っていたお茶を差しだした。

「はい、どーぞ」

「……」

「……なに？　お茶、嫌いなの？」

「……いや。でもこれって、間接チューだろ？」

あ、そうだった。飲みかけのお茶だったんだ。なにも考えずに、渡しちゃった……。

「ま、ラッキーだけどな」

いつの間にか、お茶を口にしていた一馬くん。こんな状況なのに、頬が赤らむ。

そのあとも、いくら一馬くんが声をかけても、おじさんの意識は戻らなかった。

そして、病室がオレンジ色に染まる頃。

「今日は、巻きこんで悪かったな」

「ううんっ、平気。でも……一馬くんは、大丈夫？」

「おう、今日は病院に泊まる。親父のそばにいるから、明日は学校は休む」

そうだよね、一馬くんは、おじさんのそばにいなくちゃね。

「……お前がいてくれて、よかった。遥がいなかったら、ひとりでパニクってた」

「わたしはなにも……。でも、なにかあったら連絡してね、絶対だからね！」

そして、わたしは重い足取りで家に帰った。

ひと晩中スマホを気にしていたけど、一馬くんからは連絡がなかった。

自由登校になる前の、最終日の朝。いつものように学校へ向かうと、昇降口で麻衣と会った。

「おはよう、遥」

「ねぇ、昨日どうしたの？　なにがあったの？」

麻衣の問いに、言葉に詰まる。昨日のことを、麻衣に話してもいいのかな？

「浅井くんになんかあったの？」

麻衣にはお見とおしだ。わたしは、肩の力が抜けて、おじさんのことを話す。

「じゃあ、まだ意識が戻ってないってこと？」

「……たぶん。一馬くんから連絡がないから」

そこまで話したところで、前からたっちーが歩いてきた。

「浅井ー！　昨日、カズとなにがあったんだよ⁉　ラブリーをさしおいて密会(みっかい)か⁉」

そう言って、わたしの肩を揺らしてくる。

「たっちー、やめな」

「そうだよ、健真。カズの親父が、大変だったんだ。な、浅井」

いつの間にか、うしろには瀬川くんもいた。なんで……瀬川くんが知ってるの？

「昨日、カズからメッセージが来たんだ。『今日は、親父が倒れて浅井に付き添ってもらっただけで、なにもねぇからってみんなに言っといて』って」

「そうだったのかよー！」

たっちーが、心配そうに声を上げる。

「……浅井、カズ……大変だな？」

「うん。心配だから……今日も病院、行こうと思う」

「……じゃあさ、俺たちみんなで行かない？」

「みんなで？」

「うん。カズもぐっすり眠れてないだろうし、おじさんのそばにみんなで交代でつくことにして、カズを休ませないか？」

「う、うん！　瀬川くん、ナイスアイデア！」

「わたしも行く！　人数がいたほうがいいでしょ？」

うしろから、楓ちゃんも声をかけてくれた。

そして、そわそわしながら一日を過ごして、放課後を迎え、ＨＲ終了と同時に、みんなで教室を飛び出した。

「……どうしたんだ？」

病室に着くと、一馬くんが目を点にして、わたしたちを見つめてくる。

「……ここは高校生のたまり場じゃねーぞ？」

「わかってるよぉ！　カズと親父さんが心配だったんだよっ」

「うわっ、くっつくな！」

たっちーが一馬くんに抱きついて、張りつめた空気を和らげてくれた。

「浅井くんって、おじさんにそっくり」

眠っているおじさんに近づき、麻衣がつぶやく。

「俺、父親似だから」

「わたしも父親似！　あのね、女の子は父親似だと、かわいいんだよっ」

「橋本が？　ありえねーな」

「立花くん、ちょっとツラ貸しな」

「健真と橋本、戦いは外でな」

普段みたいに冗談を言いあっていたけど、みんなの顔は全然笑っていなかった。

「じゃ、浅井くんは休憩してよ。わたしたちが交代で、おじさんに付き添うから」

最初は遠慮していたけど、しぶしぶうなずいた一馬くん。そして最初は、たっちーと麻衣がつくことに。

他のメンバーは、待合客用の休憩室で待機。一馬くんは、ソファに横になる。

「……わりぃ、じゃあ、少しだけ寝させてくんね？」

「おう、寝ろよ。オマエ、昨日寝てないだろうし」

一馬くんは小さく笑うと目を閉じた。一馬くんの隣に瀬川くん、わたしと楓ちゃんは、近くのイスに座った。

「早く意識が戻るといいね」

「うん。心配だよ……」

「……わたし、みんなの飲み物買ってくる。なんでもいい？」

「あ、うん」

楓ちゃんが、休憩室から出ていき、わたしと瀬川くんと一馬くんの三人だけに。起きてるのは、わたしと瀬川くんだけだけど。

少しの沈黙のあと、瀬川くんが口を開いた。

「……浅井」

「は、はい？」

「カズの親父さんのことが、落ちついたらさ……」

壁（かべ）にもたれながら、わたしを見つめる瀬川くん。かすかに、わたしの胸が高鳴る。

「浅井に、話したいことがある」

胸騒ぎがした。ドキドキしはじめて、全身の血の巡りが速くなるよう。

「うん。わかった」

返事はしたけど、瀬川くんの目が見れなかった。

わたしにとって、いい話なの？　それとも……？

「はい、お待たせ！」

それから、楓ちゃんが帰ってくるまで会話はなく、ただ時計の針を見つめるだけだった。

「次、わたしと遥ちゃん行こうよ！」

麻衣たちと交代し、ふたりで病室に行く。そして、心から願った。どうか、おじさんが無事に目を覚ましますように。

「もうこんな時間か」

あたりは暗くなり、面会時間ギリギリだった。

「今日は助かった。みんなありがとうな」

睡眠を取った一馬くんは、来たときよりも表情がすっきりしていた。そんな一馬くんを見てホッとしたわたしたちは、病室を出た。

みんなでおじさんの元へ通い続けて六日目。

麻衣とたっちーは、受験の当日まで、終了後に顔を出していた。

「おはよう」

朝、病室のドアを開けると、一馬くんが振り向いた。みんなの姿はなく、わたしが一番乗りだった。

「……まだ？」

「あぁ。昨日と変わらずな」

さみしそうに笑う一馬くん。イジワルな一馬くんじゃないと……違和感がある。

「だんだん、不安になってきた」

初めて聞いた、一馬くんの弱音。

「目を覚ます気配がまったくない。もう……無理なのかも」

――パシッ。

気がつくと、わたしは一馬くんの頬をたたいていた。

「か、一馬くんのバカッ！」

「ってぇ。なにすん……」

「ふざけたこと言わないでよっ。おじさんは、がんばってるんだよ！　心臓も動いてるんだよ!?」

「だけど、まだ意識は……」

「おじさんだって、一馬くんの元へ帰ろうと必死にがんばってるはずだよ……」

感情がセーブできずに、涙があふれだす。

「か、ずま、く……んの……」

「……わかったから、もう泣くんじゃねーよ」

ぎゅう……。

一馬くんは、優しく温かく、わたしを包みこんでくれた。告白されたときとはちがう、安心する腕。

「……怖いんだよ。親父がいなくなっちまったら、どうしようって……」

「そ、そんなこと考えないでよ。おじさんを信じよう！」

「わかってるけど、とても不安なんだ。もうあの家でふたりで暮らせないかもって。親父……親父ぃ……」

そんな姿を目の当たりにして、そばで支えあげたいという気持ちが湧きあがる。

「一馬くん、大丈夫だよ。わたしがそばにいるから、ね？」

「は、るか……」

震える一馬くんの肩を、優しくなでる。つらかったね、泣きたかったよね。

……そのとき。

「か……ずま」

息が止まった。一馬くんでもわたしでもない声が、かすかに聞こえたのだ。あわてて ベッドのほうを見ると、おじさんがゆっくりと目を開けて、わたしたちを見た。

「お、親父っ」

「おじさん！」

おじさんが……おじさんが、目を覚ました。

一馬くんが、急いでナースコールを押した。

「む、六日間？」

「はい、浅井さんは六日間、ずっと眠られていました。その間、息子さんやご友人が支えてくださっていましたよ」

「……そう、だったのか。ありがとう」

お医者さんは、また来ますから、と言って退室した。

「ったく、毎日がんばりすぎだから、こうなったんだよ」

「すまんな」

――コンコンッ。

「カズ、入るぞ？」

そのとき、ノックの音がして、たっちーが入ってきた。

「おっ！　マジで！　意識が戻ってる！　やったね！」

おじさんの姿を見た瞬間、そう叫ぶ。

それから、ぞろぞろとみんなが入ってきた。

「とりあえず、よかったな。意識が戻って、ひと安心」

瀬川くんがそう言って、わたしと一馬くんに飲み物を渡してくれた。……あっ。

「浅井、これ……好きだったよな？」

「あ……ありがとう」

ただそれだけのことなのに、胸が熱くなる。

「長居するとおじさんも疲れるだろうから、そろそろ出よっか？」

麻衣の言葉に、みんなが小さくうなずく。

「あっ！　キミたち、本当にありがとうな。礼は……俺が元気になってから、するからな！」

わたしたちはその言葉を喜んで受けとり、病室をあとにした。今日は、一馬くんも帰るみたい。

「よかったぁーっ」

大きく伸びをして歩くたっちー。隣の瀬川くんも、相槌を打つ。

「わたし、たっちーと寄るとこあるんだけど、ふたりはどうする？」

麻衣が、わたしと楓ちゃんにたずねた。

「わたしは……曖昧な気持ちはもうイヤなので、瀬川くんにぶつかってきまーすっ」

楓ちゃんが、男子たちに聞こえないよう、小声で言う。

曖昧な気持ちは、イヤ……。楓ちゃんの言葉が、胸に響く。

わたしは今……曖昧状態だ。一馬くんに、ちゃんと伝えておきたい。

楓ちゃんが、わたしを見る。わたしは……不思議と優しく笑うことができた。

「わたしは……一馬くんに……」

「遥ちゃんも、決心したんだね？」

「楓ちゃんの言葉どおり、いつまでも曖昧のままじゃいけないしっ」

「じゃ、男子軍。それぞれご指名があるから、レディを送っていってね」

麻衣が〝ご指名〟の相手を伝える。

「遥が俺？　朱希のまちがいじゃねーの？」

「ううん。一馬くんに話したいことがあるから」

そして、わたしたちはそれぞれ別れて帰ることに。瀬川くんは、楓ちゃんと。そして、わたしは一馬くんと……。

「おじさん、よかったね」

「あぁ」

「……」

歩きはじめて数分、得意の沈黙になってしまった。

……妙に緊張する。

「んな緊張すんなよ。どうせ、朱希との恋愛事情を聞いてほしいんだろ？　なんでも言えよ」

「わたし……一馬くんの彼女になりたいな」

曖昧な関係は、もう終わり。わたしは次に進むんだ。

「……は？」

「待たせちゃってごめんね」

「……いや、理解できねぇんだけど？　お前は朱希が……」

「瀬川くんのことは、もう好きじゃないから。それに……わたしは、一馬くんのそばにいたいの」

ウソじゃない。今日の一馬くんを見て、そばで支えたいと強く思った。

「まだ、一馬くんの気持ちが変わっていなかったら……彼女になりたいです」

「……撤回とかナシだからな？」

「しないよ。だって……」

ぎゅっ。

「夢じゃねーよな？」

一馬くんの腕の中は、とても心地よくて安心する。

胸のドキドキも……瀬川くんのときとはなにかがちがうけど、これでいいんだと思う。こういう恋の形も、あるんだと思う。

本当だよなって何度もつぶやく一馬くんがかわいくて、わたしもそっと抱きしめ返した。

『ウソじゃないよ。わたし、一馬くんと付き合うことになったの』

『ウソでしょ？』

夜、さっそく麻衣に電話で今日のことを報告をした。

『てっきり瀬川くんへの想いが残ってるからって、浅井くんをフルと思ってたけど』

『ううん。瀬川くんへの想いは……もうないよ』

『あんなに想い続けてたのに？』

麻衣からの言葉を受け、一瞬だけ返答に詰まった。

『あ……あんなに想ってたからこそ、もう吹っ切らなきゃって思うの。瀬川くんの幸せを願うの』

『そう、ね。ていうか、無愛想な浅井くんだけど、相当喜んだんじゃない？』

『えへへ。かわいかったよ』

それから数分話をして、電話を切った。ベッドにダイブして窓を見ると、月が顔をのぞかせている。

『月、見てみろよ！』

電話口で瀬川くんが言った、あの頃がなつかしい。寒い中、会いに行ったり……いろいろあったな。

だけど、これからは一馬くんとたくさんの思い出を作っていこう。

瀬川くんとの日々が無駄にならないように、新たな道を進むんだ。

数日後、おじさんが退院したということで、みんなで一馬くんの家に向かった。

「みんな、上がって上がってー」

テンションが高いおじさんに……。

「親父、こんな人数入んねーよ。俺たちは外に行くから、ゆっくり休んどけ」

一馬くんが釘をさす。

「でも、これからどうする？」

「あっ。えっと〜。じゃあ、わたしとたっちーから報告がありまーす！」

麻衣がたっちーと目配せをする。

「ふたりとも無事、志望校に合格しました！」

「キャー！　おめでとう！」

みんなから祝福の声が上がる。

すると、一馬くんがわたしの隣に来た。

「あ、俺からも報告。俺、遥と付き合うことになったから」

なんの前触れもなく、交際宣言をした一馬くん。わたしは口がパクパクして、言葉が出ない。

「い……いつから⁉」

「き、昨日」

「ウソっ⁉」

そして、騒ぎたてるみんなの視線は、ある人へ向けられた。その人は、わたしを見ている。

「おめでとう」

「あ……りが……と。瀬川くん」

瀬川くんの顔を直視できない。

瀬川くんは、そんなわたしの前に来て、切なそうに笑う。

「……もう、揺れんなよ」

「え？」

「お前が幸せになること、願ってる」

そして、そう言って頭をなでてくれた。友達になってから、一度もなでられることはなかったのに。

　よりによって、なんで今……。

「でも、浅井がカズと付き合うとはな。だって、浅井同士じゃんっ！」

　空気が読めないのか、それとも気を利かせたのか、たっちーが会話に加わり、ドキドキが消え去る。

「じゃー、お祝いでもするかっ？」

「ごめん、パス。俺、遥とふたりきりになりたいから」

　え？　みんなの前で、はずかしい……。

「ヒュー！　旦那サマはお熱いね」

「明日、登校日だよな？　たっちー、覚えとけよ？」

　そして、わたしと一馬くんは、四人とさよならをした。

　別れ際に、楓ちゃんがなにか言いかけたけど、そのまま帰ってしまった。

「なぁ、散歩しねーか？」

「いいねっ。ダイエットにもなりそう」

「……今さら、効果あんのかよ」

「失礼なっ！」

　一馬くんは、前と変わらずイジワルを言ってくる。だけど、わたしたちの関係は、これまでとちがうんだ。

「前、中学の塾で一度、お前とぶつかったことあるって言ったよな？」

「あっ、うん」

「お前が落とした教科書を拾ったら、ありがとう、ってお前の笑顔を見せられたって言っただろ？　そんとき、思ったんだ」

横顔でも、口角が上がってるのがわかるよ、一馬くん。

「ひと目ボレってヤツ、あるんだなって」

「……大袈裟だよ」

気がつくと、公園に着いていた。この前、瀬川くんと別れた場所だ。

「遥と同じクラスになってからは、とにかく振り向いてほしくて、たくさんちょっかい出した」

「本当だよっ。一馬くん、いつもイジワルするんだもん」

「バーカ。本当にイジワルなのは、お前だろ？」

え？

一馬くんの笑顔が、ふっと、さみしそうなものに変わる。

そして……。

「まだ、朱希のことが好きなくせに、俺と付き合うとか言うなよ」

晴れているのに、肌寒い風がわたしの心をすり抜けた。

「どういうこと……？」

「お前の心には、朱希がいる」

「ちがうよっ。わたしは、もう一馬くんしかいない！」

「じゃあなんで、いつもアイツしか見てねーんだよ」

わたしが……瀬川くんしか見ていない？

「教室でも、病室でも、さっきだって……アイツしか見ていない」

「見まちがいだよ。わたしは、一馬くんしか……」

「遥は、同情の目で俺を見てる。俺がかわいそうだから、そばにいたいって思ってんだよ」

「ちがう。わたしは一馬くんを、支えていきたくて……」

「だから、それは……友情なんだよ」

……友情？

この感情は、友情なの？　わたしにとって、一馬くんは友達？

「遥の言う、そばにいて支えるっていうのは、恋人としての意味じゃない。大切な友達としてなんだよ」

友達じゃないよ。一馬くんは友達じゃな……。

「お前が隣にいたいのは、俺じゃない。……今も昔も、朱希だけなんだよ」

ひと粒、涙がこぼれ落ちる。

言葉が出なかった。一馬くんの真剣な瞳に、ウソはない。

「本当は、気づいてんだろ？」

「な、なにが……」

「なんで泣いてんだよ」

いくら拭ってても、倍になってこぼれる涙。やだやだ……止まってよぉ。

「遥を泣かせるのも、笑顔にできるのも、朱希だけだ」

一馬くんから、昨日よりも優しく、そして切なく、抱きしめられた。

「俺がどんなにがんばっても、アイツが現れたら最後。一瞬で奪われんだよ」

「そ……そんなことない。わたしは、一馬くんにドキドキしてた……」

「それは一時的なもん」

耳もとで聞こえる一馬くんの声が弱々しくて、余計に涙があふれだす。

「わたしのこと……き、嫌いになったんじゃなくて？」

「……嫌いになれたら、どれだけうれしいことか」

一馬くんの震える声に、胸が締めつけられる。

わたしは結局、一馬くんを苦しめちゃってたの？

わたしだって、一馬くんのことは嫌いになれないよ。

それからしばらく、一馬くんの腕の中で泣き続けた。

そして、わたしが落ちつきはじめた頃、一馬くんが口を開いた。

「俺、イジワルだからさ、ちょっと遥にイジワルしていい？」

「は……はひ⁉」

「ひとつだけ……お願い聞いてくんない？」

「……な、に？」

一馬くんは体を離して、左手の人差し指を自分の頬に向ける。

「昨日の平手、すげぇ痛かったんだよな。だから、ここにキス、してくんない？」

「……‼　キ、キス⁉」

「お。その反応じゃ、朱希ともまだだな？」

はずかしくて、あわててうつむいた。そりゃ、瀬川くんとは、おでこ合わせしかしたことないけど。

「お願い、聞いてくんねーの？」

「……他にないの？」

「じゃあ、口にチューする？」

「い、いえ、ほっぺにさせていただきますっ」

とは言ったものの、高三になってもキス未経験者のわたしが、キスなんて……。

「……早く」

でも、一馬くんを傷つけたのは、わたし。ずっと曖昧にしてたのも……わたし。

「……目、閉じてくれる？」

「はいよ」

ゆっくり背伸びをして、一馬くんの頬に近づく。

そして……。

──ちゅ。

小さく、一馬くんの頬に触れた。わたしの顔は、大噴火を起こしそうだった。

「一馬くん、ごめんね。でも、ありがとう」

「……お前、反則だって。そんなこと言うの」

そう言って、デコピンをされる。きっと、今までで一番強かったと思う。

「今日は、気持ちの整理をしろよ。俺のことはいいから、朱希のことを……な」

「いっぱい考える。瀬川くんのことが今も好きなのか」

「だーかーらー、お前は……いや、自覚するまでたくさん考えろよ」

そして、公園で一馬くんと別れた。わたしは一馬くんの姿が見えなくなるまで、手を振り続けた。

飴玉の袋をひっくり返したように、あふれだした涙。

ごめんね、一馬くん。

支えたかったのは、事実。そばにいたかったのも、決してウソじゃないんだよ。

一馬くんの前では、ありのままの自分でいられた。それが心地よかった。

だって瀬川くんの前では……いつも苦しかった。きっと嫌いなんじゃなくて……好きすぎたんだ。

小さなことで悲しくなったり、幸せを感じたりしたのは、瀬川くんにだけだった。

同じ教室にいられる、それだけでよかった。友達として話せることが、泣きたいくらいうれしかった。

瀬川くんの彼女に戻れて、頭をなでられて、人生で一番うれしかった。

別れを切りだされたときは、壊(こわ)れちゃいそうなほど悲しくて……。

一馬くんの言うとおり、瀬川くんと一馬くんへの想いは、似ているようで、まったくちがっていたのかも。

わたしはやっぱり、まだ瀬川くんが好きなのかもしれない……ううん、好きなんだ。

今度こそ、自分から伝えたい。

込みあげる想いに、もうウソはつけない。たとえ、すでに瀬川くんに別の人がいたとしても。

楓ちゃんにも、謝らなくちゃ。瀬川くんのことは好きじゃないって言っちゃったし。

月を見あげた。昨日より、少し大きくなってる気がする。

瀬川くん、月の形は変わっていくけど、やっぱりわたしの気持ちは、ずっと変わってないよ。

今でも瀬川くんが……大好きだよ。


次の日。

昇降口には、登校日の三年生があふれていた。わたしは様々な思いを背負って、校舎に入る。

そこへ、いきなり現れた楓ちゃん。わたしは中庭に楓ちゃんを誘った。

「楓ちゃん……ごめんっ」

「なにがごめんなの？　もしかして遥ちゃん、まだ瀬川くんを……？」

「……ごめんね」

また楓ちゃんを傷つけてしまった。

「それって、約束を破ることになるよね？　わたしは瀬川くんで、遥ちゃんは浅井くんに、おたがいにがんばろうって約束したのに……」

胸が痛んだ。

「なんで最初から言ってくれなかったの？」

「え？」

「わたしもまだ朱希くんが好きなのって、なんで言ってくれなかったのよっ！」

楓ちゃんは、泣きだしていた。わたしの両肩をつかんで、なにか訴えるように泣いている。

「バカ遥ちゃぁんっ」

すると、楓ちゃんから抱きしめられた。わたしは困惑状態。

「は、るかちゃんが浅井くんって言うから、思いっきり応援しちゃったじゃないっ」

えっ？

「楓ちゃん……？」

どんどん、抱きしめられる力が強まる。ヤ、ヤバイ。わたし、死んじゃうかも。

「はい、ストップ」

そこへ、救世主の麻衣が現れた。無理やりわたしたちを引き離して、言う。

「須田ちゃん情報、一・二時間目は自習らしいけど、保健室にでも行きますか？」

その言葉に、やっと体が離され、なにも言わないまま、三人で保健室に移動した。

「失礼しまーす」

ラッキーなことに、先生は外出中で、わたしたちは保健室を貸し切ることにした。

「……ごめん、楓ちゃん。ウソついてて、ごめんね。わたし……まだ瀬川くんが好きなの」

「浅井くんはどうなるのよ？　彼氏でしょ？」

「一馬くんには、昨日フラれちゃった。お前は、いつも瀬川くんしか見てないって言われて……」

「あ……浅井くんが、そんなことを？　わたしには、『俺がアイツを笑顔にしてやる』とか言ってたけど？」

一馬くんが、そんなことを？

「それでも、瀬川くんがいいんでしょ？」

「……うん。一馬くんの前ではありのままでいられるけど、それは恋じゃない。そばで支えたいと思ってるのも、友達としてだ……って言われちゃった」

「じゃあ、どうして瀬川くん？」

「瀬川くんの前では、いつも胸が苦しくなるの。困ってばっかりだし、気を遣っちゃうし……」

麻衣からティッシュを一枚渡され、涙を拭いて、息を整えた。

「だけど、小さなことで感情が揺れるのは、瀬川くんだけって気づいたんだ」

「……気づくのが遅かったよね」

もっと早く気づいていたら、一馬くんのことも曖昧にしなくて済んだのに。

「わたしさ……今も遥ちゃんと同じで、朱希くんが好きなんだ」

楓ちゃんがいつもの表情に戻って、話しだす。

「遥ちゃんと別れて、ラッキーって思っちゃうくらい好きなの」

「……うん」

「でも、前にも言ったけど、同じくらいに遥ちゃんも好きなの。素直な遥ちゃんが、大好きなんだよ」

「楓ちゃ……」

「しかーし、今回のことは、簡単には許せないなぁ。わたし、なにも知らないで、本当に朱希くんにアタックしてたもんっ」

一生懸命な楓ちゃんの姿が、思い浮かんだ。

「わたしの気持ちを踏みにじった代償、きっちり支払ってもらうからね？」

「い……いくらぐらい？」

「バカっ。お金じゃなくて、態度で示してよ！　朱希くんに、ね」

「え？」

「それで、遥ちゃんがフラれたら、わたしが告白するんだから！」

冗談っぽく、明るく言う楓ちゃんに、また涙があふれる。

そんな優しい楓ちゃんが、大好きだよ。

「まぁ、浅井くんには悪いけど、わたしも遥を応援する」

「麻衣……」

わたしたち、いつの間にか、三人で一緒にいるようになってたね。ライバルと、毒舌な親友と、わたし。

「あー。どっちが瀬川くんの彼女になれるのかしらね」

「遥ちゃん、フラれてね！」

「つ……伝えたいことは、全部伝えるもんっ」

「さて、教室に帰ろうか」

「だね。そろそろチャイムが……」

「あっ、待って待って！」

あわてて、楓ちゃんが呼び止めた。わたしと麻衣は、首をかしげる。

「遥ちゃん、わたしたちは、ライバルだからね！」

「……上等」

拳（こぶし）をぶつけ合い、麻衣がゲームを始める合図をかけて、保健室をあとにした。

教室に戻り、わたしは、瀬川くんの隣の自分の席に座った。

「久々の学校なのに、授業サボリ？」

「じ……自習で先生もいなかったから、保健室の見学をしてて……」

「って、目、腫(は)れてるぞ？　殴(なぐ)り合いでもしたのか？」

「そうだね……殴り〝愛〟かな。ラブのほうね」

ヘタクソなギャグを、笑ってくれた瀬川くん。胸がキュンとなる。

うん、この笑顔が、わたしには必要だよ。

そして、四時間の授業まで終わり、みんな帰宅準備を始めた。

「せ……瀬川くんは、このまま家に帰るの？」

「いや、部活で体動かそうと思って。今、一、二年はテスト期間だろ？　だから部活自体はないんだけど、勉強妨害(ぼうがい)してバレーに誘う！　で、浅井はカズとデートか？」

「えっ？　ちが……」

「仲よくしろよ、じゃあな！」

ヒラヒラと手を振る瀬川くん。

ちがうのに……わたしはもう一馬くんとは……。

「ちゃんと言わなきゃ、わかんねーよ？」

ビクッとして振り返ると、一馬くんがいた。

「俺からは言わないから。がんばれよ」

去っていく一馬くん。友達としての、優しさなのかな？

あんなに傷つけたのに……ありがとう、一馬くん。

すると今度は、楓ちゃんと麻衣も駆けよってきた。

「遥ちゃん、ちゃんと約束は果たすなり！」

「ラ、ラジャ！」

「遥、わたしももう帰るわ。だから、早く瀬川くんのところに……って、瀬川くんは？」

「……部活に行っちゃったんだ。だから、終わるのを待ってる」

「アンタ、成長したわね」

麻衣と麻衣に引っぱられるたっちーと楓ちゃんにバイバイをして、購買（こうばい）に向かった。

「メロンパンをひとつください！」

大きなメロンパンを購入。軽いお昼ご飯と、エネルギーチャージってことで。

そして、昇降口に向かった。

三年生は、ほとんどがもう帰っている。

誰も通らなそうだったから、下駄箱の近くに座り、カバンを置いて、メロンパンを出した。

むしゃむしゃ……。瀬川くんは、今日は何時に帰るのかな？　今行ったばっかりだから……夕方？

瀬川くんにとって、わたしはただの友達なんだから、期待はしない。だけど、自分を信じるんだ。結果はもう見えているのかもしれない。

だけど……伝えたい。

——ダダダダダッ！

すると、ろう下を猛ダッシュする足音が聞こえた。メロンパンを食べていた手を止めて、振り返る。

その瞬間わたしはびっくりして、目を見開いた。

「あ、浅井⁉」

下駄箱前に、あわてた様子で靴を持った、瀬川くんが立っていたから。

「なん……で、ここに⁉　カズは？」

「へ？　一馬くんは、いないよ？」

「ウソだろ⁉　だって……ほら」

瀬川くんに、スマホ画面を見せられる。

そこには、麻衣から送信されたメッセージが表示されていた。

【大変よ、瀬川くん！

　遥と浅井くんが、学校近くの
　怪しいホテルに入っていったわ！】

　怪しい……ホテル？　なにコレ。

「はぁ……ウソだったのかよ。マジ、焦ったから」

　もしかして、これって……麻衣がわざとウソを送ったのかな？　わたしが瀬川くんと話せるようにって。

「なにもなくて……よかった」

　ヘナヘナと、わたしの隣に座りこんだ瀬川くん。

　あ……今が瀬川くんに伝える……チャンスだ、よね？

「せ……瀬川くん」

　名前を呼んでメロンパンを置き、瀬川くんの前に立った。「ん？　どうした、浅井」

「あのさ……ちょっと、聞いてくれるかな？」

　うなずいて立ちあがった瀬川くんを確認して、わたしはすうっと息を吸いこんだ。

「……わたしはもう、一馬くんとは付き合ってない、です」

「え……」

「わたしのカンちがいのせいで、一馬くんを巻きこんじゃって……フラれちゃった」

言え……言うんだ！

瀬川くんの前ではいつも緊張して、伝えたいことを伝えられずにいた。

今だって……本当は逃げだしちゃいたいくらい、ドキドキして、心臓が爆発しそう。

だけど、これだけは……。これだけは伝えなくちゃ。

「あのね、せ……瀬川くんも困らせて、いっぱい迷惑もかけちゃったんだけど……わたしは……今も昔も……瀬川くんしか見ていないみたい」

右手を出して、頭を下げる。

これだけは、言わなきゃいけないから、だから……！

「ご……ごめんなさいっ。フラれても未練がましくて。でも、ずっと好きでしたっ。どうか、わ……わたしをフッてください！」

初めて自分から、好きだと伝えた。

これが玉砕記念になるなんて……笑えるなぁ。

でも、これでやっと報われる。

「俺……」

右手に温もりを感じた。きっと瀬川くんが、手を合わせて……。

「……断る気なんてないけど」

ぐいっ。

……え？

わたしの体は、つながれた手に引きよせられて、瀬川くんの腕の中にいた。

「バカじゃねーの？　フルわけないじゃん。俺も……浅井が好きなんだから」

「……えぇえ？」

「浅井と別れてからも、ずっと後悔してた。カズと浅井にヤキモチ焼いてただけなのに……さ」

ぎゅうって……瀬川くんが、抱きしめる力を強める。

ウソ……信じられないよ。

「それに……カズといるときの浅井は、すっげぇイキイキして……くやしかった。俺はいつも……困らせてばっかりだから」

「困ってるんじゃないよっ。……瀬川くんの前だと、ドキドキして緊張するの」

うわぁ……視界がぼやけてきた。また泣いてるよ……わたし。

「それにね？　瀬川くんの隣にいると、ささやかなことにも、幸せを感じられるの」

「浅井……」

「こんな気持ちになるのは、瀬川くんだけ……なの」

「あのさ、前に言ったよな？　浅井に話があるって」

あ……そういえば言ってた。

「あれ……浅井を呼び出すための、口実だったんだ。だけど、カズと付き合いはじめたって聞いて、もう無理だと思った。だから……まさか、浅井からこんなふうに言われるなんて、信じられないよ」

「……報告って言ったから、楓ちゃんのこと好きになったのかなって思ったよ」

「橋本には……かなり説教された。浅井の気持ちはカズに傾いてるよ、朱希くんはどうするの⁉って。リトライって、もう一度説教するって意味だったのかよってな」

「それって、前にもあったの？」

「浅井に、夏休みに告白するときにも一度、な」

楓ちゃん……優しすぎるよ。瀬川くんが好きって言ってたじゃん。

「浅井」

わたしに目線を合わせた瀬川くん。逸らしたくなったけど……逸らさないよ。

「メロンパン、ついてる」

「う……ぇいっ⁉ど、こにっ？」

あわてて口もとを拭いたけど、瀬川くんは笑っている。

「やっぱり浅井には、隣にいてほしい。だから……浅井がよかったら、また彼女になってくれない？」

「……ずっと瀬川くんに、迷惑かけちゃうよ？」

「それ、彼女の特権でしょ？」

「ち……小さなことで、すぐにヤキモチ焼いちゃうんだよ？」

「それ、俺にとっては大歓迎(かんげい)」

「……隣にいることがうれしくて、毎日ニヤニヤしちゃうよ？」

「それは……俺が照れる」

一気にまっ赤になり、わたしから視線を逸らした瀬川くん。

「見んなよ、バカ」

「うふふっ。瀬川くんの照れる顔を見れるのも……彼女の特権？」

「……絶対見せない」

「なんで？　かわいいよ？」

「メロンパン、ついたままだよ？」

ひぃっ。まだメロンパン、取れてなかったんだ。あわあわしていると、瀬川くんが言った。

「メロンパンを取ってやる代わりに、お願いがある」

「……うん？」

「今から、俺の彼女として、バレー見にきてよ」

『俺の彼女として』

……その言葉に、ずっと我慢していた涙がこぼれ落ちた。拭うのも忘れて、ポロポロと流れていく。

幸せすぎて。止められなくて。

「い……行くぅ」

「って、泣くなよっ」

「うぅ……だって、瀬川くんが泣かせたんじゃぁん」

「俺!?」

そして、瀬川くんはわたしが泣きやむまで、隣で頭をなでていてくれた。その優しさが、余計に涙をそそる。

わたしが落ちついてから、ふたりで体育館に向かった。バレー部の後輩が、待ちくたびれていた。

わたしはイスに座って、バレー風景を見る。

瀬川くんがスパイクを打つ姿。汗を拭う姿。後輩と笑いあう姿。こんなに堂々と間近で見るのは初めてで、ドキドキする。

同時に、やっぱりかっこいいなって思った。

「浅井っ！」

幸せに浸る中、名前を呼ばれて我に返った瞬間、ボールがわたしの顔面に直撃。

「い、痛……」

「浅井、悪いっ！　大丈夫か？」

「うわぁ、瀬川先輩、彼女さんを狙うなんて、ひどいっすよ」

「お嫁に行けなくなったら、どうするんスかー？」

すると、ギャーギャーはやしたてる後輩たちに、瀬川くんが言った。

「そうだな。そんときは……お前らが嫁にもらえっ」

「えー⁉　いいんスかっ⁉」

『俺が嫁にもらう』……とかいう言葉を期待しちゃったんだけど、ちがうのか……。

でも、将来その言葉を言ってもらえるように、がんばらなきゃ。


「あーっ、疲れた」

あたりは、すっかりオレンジ色に染まる時間帯になっていた。

「瀬川くん」

「ん？」

「やっぱり、かっこいいね」

瀬川くんがバレーをしている姿を見ているときに、心に決めたんだ。素直になるって。思ったことは、素直に伝えるって。

「浅井、ボールが当たって、頭おかしくなった？」

「ちがうよ。ただ……素直になりたくて。ちゃんと素直になれば、きっと、すれちがいも少なくなるはずでしょ？」

「浅井……」

誰もいない、オレンジ色に染まる校舎のろう下を、ふたりで歩く。床や壁に反射した光が、まぶしい。

不思議だね。もう、隣を歩くことはないと思ってたのに。今こうして、前以上に寄り添って歩いているね。

「なぁ浅井、さっきの、ボールが当たったときの話なんだけど……」

「……将来お嫁に行けなくなったら、わたしが後輩くんのお嫁さんになるって話？」

少しだけスネた口調で、瀬川くんを困らせるように言う。

「それ、訂正するよ」

「えっ？」

「もし次、浅井にボールが顔面直撃したら……」

直撃したら？

さっきの自分の中での妄想が頭の中を駆け巡る。

「ずっと俺の隣にいてもらう、とか」

瀬川くんの照れた笑顔が、胸を揺さぶった。

「って、浅井、泣くなよー」

きっとわたしは、これからも、瀬川くんの隣で泣き続けると思う。でも、それと同じくらい……笑顔になれると思うんだ。

だから、これからも……よろしくね、瀬川くん。

オレンジ色の校舎

「卒業おめでとーう！」

〝さくら花〟では、クラッカー音とともに、笑顔があふれていた。

わたしたちは今日、ついに高校を卒業。そして今、クラスの打ち上げを終えて、たっちーの家である〝さくら花〟に来ている。

「やっぱり、ここは落ちつくね」

「そうね。高校生には似合わないけど」

「麻衣ー、もうわたしたちは高校生じゃないぞーっ」

「……おい健真、ちょっと離れろ」

「やだやだー、離れたくないっ」

「お前はガキか」

わたし、麻衣、楓ちゃん、たっちー、一馬くん……そして、瀬川くん。いつもの六人で、騒いでいる。

「もうこの制服とも、お別れなんだね……」

「そんなにさみしいなら、大学に着ていけよっ。バカにされるだろうけどなー」

「立花くん、ふざけんなぁ！」

そして、たっちーと楓ちゃんの乱闘(らんとう)が始まった。

「ふぅ……あのガキどもは置いといて、無事、卒業したね」

「うん。でも、麻衣やみんなと離れちゃうね……」

「また集まればいいよ、な？」

「瀬川くん……そうだねっ」

目の前に座る瀬川くん。わたしたちは、あれから順調に歩んでいる。

相変わらずドキドキは収まらないけど、瀬川くんの隣にいられるのが、ホントにうれしい。

「あーあ。あのとき遥を離さなかったら、まだ俺の彼女だったのかな……」

お水を飲みながら、一馬くんがつぶやいた。きっと、あのまま一馬くんの彼女だったら、余計に一馬くんを傷つけていた。

「悪いな、カズ」

「朱希、ニヤけんなよ」

「ニヤけてなんか……」

「ま、彼女じゃなくなった代わりに、いいものもらったけどな」

わたしを見て、ニヤリと笑った一馬くん。

「浅井くん、それ、どういう意味なの？」

意外にも、あの麻衣が興味を示している。……なんだか、よからぬことっぽい。

「知りたい？　朱希も？」

「ま、まぁ……」

「わたしも知りたいっ！」

「もちろん、俺も！」

楓ちゃんとたっちーも乱闘を止めて、一馬くんの言葉に興味を持っている。

「遥、言っていいの？」

「なんの話？」

「……まさか、覚えてねーのかよ」

一馬くんに、なにをあげたっけ？

全然記憶にないんだけど。

「俺……遥のファーストキス、もらっちゃったんだよね」

あ……！

「えええっ⁉」

「浅井、マジかよっ！」

「遥、本当なの？」

みんなから驚きの視線を向けられ、わたしの目は泳ぎ続ける。

「……浅井、本当？」

瀬川くんが、信じがたいという目でわたしを見る。

「本当って言ってんじゃん。しかも、遥からしてきたんだぞ？」

「ち……ちがうよっ。キスはキスだけど……」

「キスはしたんだ？」

「だから、その……」

キッと一馬くんをにらんだ。

誤解だよ！　キスはしたけど、く……唇には、してないのに。

「あのね、瀬川く……」

「浅井」

瀬川くんが、真剣な目で見つめてくる。

「は、はひ……」

え？

そして、立ちあがるのかと思ったら、わたしの頭を引きよせて……瀬川くんの唇がわたしの唇に触れた。

触れるだけの、キス。

「……これでカズとの、チャラ」

え？　えええ？

今、瀬川くんと……キスしちゃった？

わたしは頭の中がまっ白で、まばたきさえできない状態に。

みんなも、フリーズしてる。

「ご、誤解だよ」

「え？」

「わたし……一馬くんのほっぺにキスしたの。だから……口にはしてないよ？」

「……マジで？」

「いやん。朱希ちゃんったら、エッチーっ！」

そこで、たっちーが邪魔してきた。瀬川くんは顔をまっ赤にしながら、たっちーをたたく。

「ちょっと、予想外だったんだけどっ!!」

楓ちゃんも顔を赤くしながら、わたしと瀬川くんを交互に見る。

「だ、だって、カズ……」

「俺は唇に、とは言ってねーし」

「……っ！」

「バーカ。これが俺からのお祝いだ。遥、うれしかったか？」

わたし……キスされちゃった。瀬川くんから……みんなの前で……。

「浅井くん、あんまり遥をイジメないでよ？　ゆでダコみたいになったじゃない」

「悪い悪い。やっぱり遥への片想いは当分、断念できねーな」

「こんの……許さねーぞ、カズ！」

部屋を出た一馬くんを追う瀬川くん。続いて、たっちーと楓ちゃんも追いかけていき、わたしと麻衣だけになった。

「まぁ、卒業記念に、いいものを見せてもらったわ」

「も、もぉっ。一馬くんの挑発のせいで……」

「よかったじゃない？　誤解が生んだサプライズ」

「み、みんなの前とか……」

はずかしすぎるよ。それに、楓ちゃんもいたんだ。きっと傷ついちゃってるよ。

「楓、喜んでたよ。ふたりがまた付き合いだしたって聞いて」

「え？」

「大好きなふたりだから、許せるんじゃない？」

「そうかな？」

「そうよ。……じゃあ、わたしは外に行ってくるから」

「え⁉　わたしひとりに……」

「ほら、旦那サマが帰ってきたじゃない」

入り口を指さす麻衣。そこには、疲れきった瀬川くんがいた。

「ったく、どこ行ったんだ？　カズ、逃げ足速すぎなんだよ」

瀬川くんが入ってくるのと同時に、麻衣はこっそり反対側の入り口から出ていく。

「あ、浅井……」

「あ……あはは」

キスをしたことがフラッシュバックして、瀬川くんがうまく見れない。

「あの……さっきはごめんな」

「ううん」

「カズと浅井が、キ……キスしたって聞いて、いてもたってもいられなくて……」

肩身をせまくしながら話す瀬川くんが、かわいく見えた。

「……びっくりしたし、はずかしかった」

「……悪い」

「だけど、うれしかったよ」

ねぇ瀬川くん、わたしたちが三年前に離れ離れになったことは、まちがってなかったんだね。

素直になれなかったわたしたちがいたから、不器用なわたしたちがいたから……今、笑いあえてるんだね。

「瀬川くん……」

「ん、なに？」

「手、つないでいい？」

「どーぞ」

ドキドキしながら瀬川くんと手をつなぐ。

「あとね、わたし一馬くんとは手はつながなかったんだよ？」

「なんで？」

そんなの……決まってるじゃん。

「……だって、わたしの隣には、瀬川くんしかいないから」

わたしは自分で言ったのに、照れくさくなってうつむいた。だけど、つながれた右手の力は強くなった。

「じゃあ、浅井の隣は、俺だけ？」

「うん」

「じゃあ、俺が他の人を好きになったら？」

「……瀬川くんの恋を見守る」

「バーカ」

瀬川くんが、優しく笑いながら、わたしを見る。

「それ、うれしくないって」

「え？　だって……」

「見守られるのは、もういい。邪魔して、意地でも隣にいてよ」

「迷惑じゃない？」

「迷惑だったら、中学のときから想い続けてないって」

……やっぱり。

瀬川くんを、好きでよかった。

途中、一馬くんに揺れたときもあったけど、やっぱりわたしには、瀬川くんだけなんだ。

大学、離れちゃうけど……それでもきっと、ずっとずっと好きでいちゃうんだと思う。だから瀬川くんも、浮気しないでね？

窓から見える桜が、祝福しているよう。夜空の月も、寄り添うわたしたちを見守っている。

そして、わたしと瀬川くんは、微笑みあった。

夕日に染まるオレンジ色の校舎で、切なさやトキメキ、優しさや涙の味を覚えた。
わたしにとって、すべてが、特別な時間だった。
そして、どんなときも、キミはわたしのことを見ていてくれたね。
おたがい気持ちを素直に伝えられずに、たくさんすれちがった。
だけど、今、こうして笑顔でキミの隣にいる。
うれしくって毎日ニヤけちゃいそうだよ。
それでも、ずっと隣にいてね。
これからもずっと……。

Kimi no tonari de
orenjiiro no koi wo shita.
特別書き下ろし
ショートストーリー

バレンタインの裏側で～side 朱希～

「なぁ、今日もらえた？」

「俺、なにももらえなかったー」

「実は俺、一年のマドンナからもらっちゃいました！」

「うおー、ずりーなぁ」

部活終わりの更衣室の中で飛び交う言葉たち。今日は一段と会話が弾む。

「朱希さんは何個もらいました？」

そして俺にも飛んできたこの質問。

もらえたもの、それはチョコの数。

そう、今日はバレンタインデーだったこともあり、俺たち男子の会話は朝からこの話で持ちきりだった。

「……まぁ、何個かは」

「さすがキャプテンは違いますね！」

「キャプテンは関係ねーって」

そう言いながら練習着から制服に着替える。エナメルバッグから顔を出しているのは、女子からもらったチョコたち。うれしいしイヤな気持ちはしないけれど、少し落ち込んでる俺がいる。

「朱希、チョコもらえてんのに元気なくね？」

「そんなことねーよ」

「俺なんかゼロなのに、こんなに元気だぞ？」

隣で笑う副キャプテンの原野(はらの)。

「……本当にもらいたい相手からもらえてねーし」

「なに、お前って好きなヤツいんの？」

「んー、まぁそれなりには」

「みんなー！　朱希、本命からはもらえてないってヘコんでるぞー」

「ちょっ、原野っ」

ポロッと出てしまった本音。原野がみんなへ広めてしまった。

「朱希さん切ない！　なんかすんません！」

「キャプテン、そういうときもありますって」

「朱希、今日はみんなでメシ食いに行こう！」

みんなから励ましの言葉が飛んでくる。おいおい、なんか俺が失恋したみたいなんだけど。

「好きなヤツって誰なんだよ？」

「言うかよ」

こんなに広められたら、たまったもんじゃない。

「ほ、ほら、みんな早く荷物まとめて出るぞ！　最近帰るのが遅いって指導されてんだよ」

俺は慌てて話題を変えてみんなに帰宅を促す。みんなはブツブツ言いつつも、帰り支度をして更衣室を出ていく。

「朱希、正門で待ってるからな！」

メシ食いの案を出した原野たちが叫ぶ。はいはい、と返事をした俺は職員室へ更衣室の鍵を返しに行った。

「おぅ、瀬川！　前に話してた次の試合のフォーメーションの用紙って今持ってるか？」

職員室に来ていたコーチに声をかけられた。

「はい、持ってます」

「よかった。助かる」

エナメルバッグを開けて用紙を取り出してコーチへ手渡した。

そのとき、バッグの中にあったラッピング袋が目に入った。

「……ん？」

「これまた明日渡すな！」

「あっ、はい。失礼しまーすっ」

そのままコーチと別れ、正門へ向かいながらも頭の中はさっきのラッピング袋のことばかり。

俺、誰かのを間違えて入れたか？

そう思ってもう一度確認する。瀬川くんへって書いてあるってことは俺宛だよな？　でも誰から？　今日くれた子でこんな風な宛名つきのあったか？　うんうん悩むも思いつかない。

「ん？　あれ？」

ふと、ラッピング袋に見覚えがあるのに気づいた。

『せ、瀬川くん、これ……よかったら』

前にもこの袋でチョコをもらったことがある。

ただひとりだけ心当たりがある。

それにこの渡し方……。

胸がザワつく。ドキドキする。

ウソだろって喜びと驚きで心臓が騒ぐ。

確信はない。だけどそうであって欲しいと思っている俺がいる。

きっとこれ……。

「……浅井だ」

なんだよこれ、うれしすぎる。

「ったく、直接渡せよなぁ」

浅井らしすぎる。

ニヤケて顔がゆるむ。

義理でもいい。余り物でもいい。

浅井からもらえた。

……本命からもらえたんだ。

「っしゃー！」

俺は駆け足で正門にいる原野たちの元へ向かった。

うれしい気持ちを噛みしめて、ニヤける口もとを押さえて。

＊END＊

あとがき

このたびは『キミの隣でオレンジ色の恋をした〜新装版 オレンジ色の校舎〜』を手に取っていただき、ありがとうございます。新装版という形で出版を、というお話をいただいて、まずなにかの間違いじゃないの？と驚きました。ですが、読者の方へなにか伝えられるきっかけになればと思い、お受けしました。

数年前に執筆した作品であり、細かい内容や曖昧な部分もあったため、改めて読み返してみました。自分が書いた物語なのに、こんなこと書いてたの⁉と驚いたり、恥ずかしいなと思ったり。あのときは、ここはこんなふうに考えながら書いてたな、など懐かしさを感じながら加筆を行いました。

学生だった頃の私と、社会人になった私。関わる人も増えて視野も広がって、物事の捉え方も変わって、プラスにもマイナスにも吸収していることがたくさんあります。そんな中でも、思っていることを素直に吐き出すことは、自分が思っているよりも勇気がいることだと思います。だからこそ、思いを閉じ込めているだけでは、相手にも伝わりません。小さなことでも伝える努力が必要です。私もひとりの人間なので、いろいろな感情もあって素直になれないことだらけです。素直になっても相手にうまく伝わらなかったこともあります。でも、自分の思いを伝えることでスッキリすることが多いです。

無器用でも素っ気なくてもいい、目を合わせなくても言葉足らずでもいい。少しだけ素直になってみてください。きっと相手にはなにかが伝わって、あなたの気持ちも「伝えてよかった」と変わると思います。もし、逆の立場で誰かがあなたになにかを伝えようとしているなら、その時はまずは相手の言葉にきちんと耳を傾けてください。忙しくても怒っていても、一度立ち止まって欲しいです。些細なことかもしれないし、とっても重要なことかもしれません。その相手の勇気を受け入れて欲しいです。

最後になりましたが、担当編集者さんをはじめ新装版に関わってくださった方々、そしてこの作品を読んでくださったあなたへ、この場をお借りしてお礼申し上げます。

この作品が少しでもあなたの力になって、生活に変化が訪れますように。

そして、できればあなたにとって笑顔になれる幸せな一歩となっていますように。

二〇二〇年八月二十五日　由侑

由侑（ゆう）

鹿児島出身で旅行とライブに行くことが好きな20代。最近は家計簿をつけて見返すことも好きで、残高が合わないこともありつつ、毎日のんびり楽しく過ごしている。2013年『オレンジ色の校舎』で書籍化デビュー。現在もケータイ小説サイト「野いちご」で活躍している。

七條なつ（ななじょう　なつ）

静岡県出身。第2回白泉社少女マンガ新人大賞銅賞を受賞しデビュー。その後看護師勤務を経て再び漫画を描き始める。現在はnoicomiにてコミカライズ作画を担当中。

由侑先生への
ファンレター宛先

〒104-0031　東京都中央区京橋1-3-1　八重洲口大栄ビル7F
スターツ出版（株）　書籍編集部気付　由侑先生

この物語はフィクションです。
実在の人物、団体等とは一切関係がありません。

キミの隣でオレンジ色の恋をした
～新装版　オレンジ色の校舎～

2020年8月25日　初版第1刷発行

著　者　由侑　©Yuu 2020

発行人　菊地修一

イラスト　七條なつ

デザイン　齋藤知恵子

DTP　久保田祐子

編集　野田佳代子

編集協力　ミケハラ編集室

発行所　スターツ出版株式会社
〒104-0031
東京都中央区京橋1-3-1 八重洲口大栄ビル7F
出版マーケティンググループ TEL 03-6202-0386
（ご注文等に関するお問い合わせ）
https://starts-pub.jp/

印刷所　株式会社 光邦
Printed in Japan

ISBN 978-4-8137-0957-2 C0193

恋するキミのそばに。

♥野いちご文庫人気の既刊！♥

クールなキミが最近優しいワケ

Milky（ミルキー）・著

高２の陽和は控えめな性格のピュア女子。イケメンで優しい先輩に片思い中。そんな陽和に対してクラスメートの橘くんはいつも冷たい態度だけれど、嫌いだというわりになぜか陽和が困っていると助けてくれる。戸惑いながらも、橘くんの不器用な優しさに少しずつ陽和の心が動きはじめ…。

ISBN978-4-8137-0941-1　定価：本体630円＋税

先輩、これって恋ですか？

水沢（みずさわ）ゆな・著

恋愛未経験で内気な高１の春香。昼休みに出会った学校一のモテ男でイケメンな智紘先輩に気に入られ、強引だけど甘〜いアプローチにドキドキしっぱなし。「俺以外の誰かになつくのダメ」なんて、独占欲強めだけど、チャラいだけじゃない先輩の優しさに触れ、春香は少しずつ惹かれて…。

ISBN978-4-8137-0940-4　定価：本体600円＋税

今日、キミに恋しました

恋に奥手の高２の七海は、同じクラスのイケメン＆人気者の南条くんがちょっぴり苦手。ところが、あることをきっかけに彼と話すようになり、彼を知れば知るほど七海は惹かれていき…。ほか、クラスや学校の人気者、大好きな人と両想いになるまでを描いた、全５話の甘キュン短編アンソロジー♡

ISBN978-4-8137-0924-4　定価：本体600円＋税

どうして、君のことばかり。

夜野（よるの）せせり・著

親友・絵里と幼なじみでイケメンの颯太、颯太の親友で人気者の智也と同じクラスになった高１の由奈は、智也に恋をする。でも、智也が好きなのは由奈じゃなく…。落ち込む由奈を心配してくれる颯太。颯太は、ずっと由奈が好きだった。やがて由奈は、ひとりの男の子として颯太が好きだと気づくが…。

ISBN978-4-8137-0925-1　定価：本体600円＋税

書店店頭にご希望の本がない場合は、書店にてご注文いただけます。

恋するキミのそばに。

♥野いちご文庫人気の既刊！♥

卒業まで100日、…君を好きになった。

夏木（なつき）エル・著

高３年の唯は誰よりも早く卒業後の進路が決まったけど、クラス全体は受験前のピリピリムード。孤独だった唯は、ある日突然、学校一頭が良くてイケメンの人気者の篤から「俺と楽しいことしない？」と声をかけられて!? “卒業同盟”を組み、二人きりのドキドキ＆胸キュンな時間を過ごすことに…。

ISBN978-4-8137-0906-0　定価：本体600円＋税

３秒後、きみと恋がはじまる。

氷室愛結（ひむろあゆ）・著

高校の入学式、声をかけてきた茜に一目惚れした桃。茜は成績トップ、クールでイケメンだけど、女の子にはなぜか冷たい。高2のある日、桃は思わず「……好き、」と告白してしまう。果敢にアタックする桃に、最初は冷たかった茜の態度が変わってきて…。切なさに胸キュンの恋物語。

ISBN978-4-8137-0907-7　定価：本体600円＋税

俺、お前に惚れてんだけど。

miNato（ミナト）・著

高校の入学式、双子の弟の同級生・晴斗と偶然同じクラスになった志帆。中学の卒業式に失恋をした志帆は、もう二度と恋なんてしないと誓ったけれど、突然「俺、お前に惚れてんだけど」なんて言いよる超イケメンで俺様な晴斗に、少しずつ惹かれ…。ジレ恋の行方にドキドキの胸キュンラブ。

ISBN978-4-8137-0891-9　定価：本体600円＋税

ずっとキミしか見えてない

湊（みなと）　祥（しょう）・著

8年前、流星群の夜に出会った優しい少年に恋した紗良。高校の入学式でその少年・光雅と偶然再会。成長した彼は文武両道で完璧イケメンの「星の王子様」に！　お互いに想い合う二人だけど、素直な気持ちを伝えられずにすれ違ってばかりで…。じれったいピュアな恋に胸キュンが止まらない！

ISBN978-4-8137-0892-6　定価：本体600円＋税

書店店頭にご希望の本がない場合は、書店にてご注文いただけます

恋するキミのそばに。

♥野いちご文庫人気の既刊！♥

キミの隣で不器用な恋をはじめよう

綴季（つき）・著

ほろ苦い初恋の思い出を心に秘め、新しい高校生活を楽しもうと思っていた花奏は、入学式当日、初恋相手の幼なじみ・眞紘と偶然再会する。想像以上にカッコよくなっていた眞紘は花奏の手が届かないほどモテモテ男子に！　お互い想い合いながらも、すれ違う二人のじれったい恋の行方は!?

ISBN978-4-8137-0875-9　定価：本体640円＋税

俺がどんなにキミを好きか、まだキミは知らない。

小粋（こいき）・著

同じ高校に通う幼なじみで、「元カレ・元カノ」だったこともある胡桃と灰野。高2になり、2人は同じクラスになるけど、灰野が好きすぎて、彼とうまく接することができない胡桃。一方の灰野も胡桃が好きすぎてカラまわりの連続。不器用な2人の、究極のジレジレ＆胸キュン初恋ストーリー！

ISBN978-4-8137-0874-2　定価：本体640円＋税

俺の隣にいてほしい。

青山そらら（あおやま）・著

高２の心音は、駅でぶつかった椿のスマホを壊してしまう。彼は近くの男子校に通う同級生で、イケメンだけど不良っぽくて怖そうだった。弁償を申し出た心音に、彼女のフリをしてほしいと言ってきた椿。最初は戸惑う心音だったけど、本物の彼女みたいに大事にしてくれる椿に惹かれていき…。

ISBN978-4-8137-0862-9　定価：本体630円＋税

もっと俺を、好きになれ。

miNato（ミナト）・著

高３の叶夢（かなめ）は、バスケ部所属のモテ男子の斎藤くんにずっと片想い。ある日、勇気を出して告白すると「今日から俺の彼女ってことで」と言われて…。みんなから軽くてチャラいと思われてるけど本当は誠実で優しい斎藤くんと、クールに見られて誤解されがちな叶夢の、ピュアキュンラブ♡

ISBN978-4-8137-0861-2　定価：本体620円＋税

書店店頭にご希望の本がない場合は、書店にてご注文いただけます。